THE AUTOMATIC 2ND DATE

让他第二次再约你

【美】维多利亚·麦克·罗杰斯◎著

白天◎译

凤凰出版传媒集团 | 凤凰联动
江苏人民出版社 FONGHONG

图书在版编目(CIP)数据

让他第二次再约你/（美）罗杰斯(Rogers,V.M.) 著；
白天译. —南京：江苏人民出版社，2010.12
ISBN 978-7-214-06709-8

Ⅰ. ①让… Ⅱ. ①罗… ②白… Ⅲ.①恋爱－通俗读
物 Ⅳ.①C913.1-49

中国版本图书馆CIP数据核字（2010）第258704号

江苏省版权局著作权合同登记：图字10-2010-514

The Automatic 2nd Date

Original English Language edition Copyright © 2007 by Victorya Michaels Rogers

Published by arrangement with the original publisher, Howard Books, a Division of Simon & Schuster, Inc.

The Simplified Chinese edition published 2010 by Jiangsu People's Publishing House

书　　名	让他第二次再约你
著　　者	[美] 维多利亚·麦克·罗杰斯
译　　者	白　天
责任编辑	陈中南
特约编辑	李　玫　邓晶晶
出版发行	江苏人民出版社（南京湖南路1号A楼　邮编：210009）
网　　址	http://www.book-wind.com
集团地址	凤凰出版传媒集团（南京湖南路1号A楼　邮编：210009）
集团网址	凤凰出版传媒网http://www.ppm.cn
经　　销	江苏省新华发行集团有限公司
印　　刷	北京科星印刷有限责任公司
开　　本	880毫米×1230毫米　1/32
印　　张	8.5
字　　数	162千字
版　　次	2011年4月第1版　2011年4月第1次印刷
标准书号	ISBN 978-7-214-06709-8
定　　价	25.00元

（江苏人民出版社图书凡印装错误可向本社调换）

目录 Contents

引言
第一次约会之前
THE AUTOMATIC 2ⁿᵈ DATE

我做了10年好莱坞经纪人。在决定结束单身生活18个月的时间里，我先后和一百多个陌生人约会过，包括摇滚歌星、电影明星、福音歌手、海军飞行员、医生、推销员、会计、消防员、警察、传教士、运动员等，其中98%的人约我第二次见面，并且全都是他们请客，千余次约会我从未付过钱。我对约会非常在行，我写这本书就是要把其中的诀窍教给你。

你为什么要学这些呢？因为现实是残酷的——如果你不能让男人约你第二次，你就更别指望会有机会戴上钻石戒指了！更何况这些技巧除了适用于情场，还适用于生意场、社交及一切人际交往。

找张舒服的椅子坐下，我们一步一步来，看看在第一次约会时该做些什么说些什么好让他再约你。

在第一章里，我们会掌握留下美好第一印象的方法，让你充满吸引力。要让他再约你，你就得引起他的注意。从他見到你第一眼开始，你就要把自己变成那种能让异性着迷的女人。

在你欣赏到自己的美丽之后，第二章，我们将继续努力，你不仅要发现自己的美，同时要隐藏你的缺点，时刻准备好向身边的男士展示你最好的一面。

从第三章起，我们要开始行动了，打开寻找男人的导航仪，设定搜索目标，上路。你将开拓眼界，确认自己喜欢什么不喜欢什么，在"见面"的海洋中尽情享受吧。

在第四章中，我们将通过朋友的帮助，让你继续在海洋中徜徉。因为认识优秀男人最快的办法就是让朋友介绍。好了，欢迎来到相亲世界。每一次约会都会不同！

到了第五章，我们会谈谈他第一次打电话来你该怎么说，或者见面时该怎么聊天，才能吸引男士约你出去。另外，你还能学会如何暗示他，你很忙，很难追，如果他想约你就要早点行动。

从第六章起，我们会站在起跑线上准备向第二次约会冲击。各就各位，准备好，我们要开始钻研第一次约会的细节了，包括该怎么穿，准备哪些备用方案，以及怎么处理碰到朋友的情况等。

在第七章里，我要教你怎样在一见面就吸引他。这里要讲的是在约会时一切你需要说的话或问的问题，我还会列出一百个你可以提的问题。

第八章中，我会教你在两人接触时如何擦出火花。你将学会如何让他倍感轻松，并让他相信你就是他的梦中女神。我会教你如何取悦他人以及怎样开玩笑。此外，你还会掌握一个鲜为人知但是非常有用的技巧，这能让男人为你神魂颠倒。

第九章则开门见山——到底要不要接吻。书里除了详细教你第一次约会结束时如何道别，还回答了所有人都想知道的问题：第一次约会应该做到什么程度的亲密，才能让他再次约你，同时第二天早上你回想起来不会懊悔。

最后，第十章里就谈谈第一次约会之后的生活，包括在等他电话的期间你要做什么。

在每一章的末尾有两个小板块：

1.简明扼要的回顾——这部分内容是再次强调本章的主要观点，当你记不清了或者想给自己打气的时候能以最快的速度回顾本章。

2.日志提示——这里会有一些建议，鼓励你提起笔把你的想法写下来，以便使你思路清晰。仔细想想再提笔写下来，这实际上有助于制定计划并付诸实践。除了在每章结尾处，全书很多地方都会建议你写日志，所以，常备纸笔，这能让你更好地思考、计划和憧憬未来。

拿出你的荧光笔，准备脱胎换骨吧！你要不露痕迹地引诱他，直到他追求到你为止！你会发现男性重复约你的比率节节攀升。睁开双眼尽情享受吧！

第一章

魅力女神吸引力

好男人都过来，坏男人全走开

让 他 第 二 次 再 约 你

THE AUTOMATIC 2nd DATE

THE AUTOMATIC 2nd DATE

电视剧里演过无数次这样的情节。萨利菲·菲尔德主演的《修女飞飞》、玛萝·托马斯主演的《俏女孩》、萨拉·杰西卡·帕克主演的《欲望都市》，甚至包括珍妮弗·安妮斯顿、考特妮·考克斯和丽莎·库卓演的《老友记》，都有这样的情节。

你知道我说的是什么——女孩子们在洒水车上、在公园里、在大城市里嬉笑打闹，轻轻松松地征服世界。这些女孩往往都魅力十足，有点笨手笨脚却不失性感迷人。无论是跳跃、转圈，还是淋湿或者大笑时，她们纤细的身体里都散发出强烈的自信。她们过得很开心，也能令别人快乐，男人纷纷拜倒在她们的石榴裙下。

对她们，我们是羡慕嫉妒恨。那么，我现在告诉你，在你身体里也有着同样的魅力。我现在就告诉你怎么发掘这种魅力，就像电视剧里那些活力四射的美女一样。你必须得找到它，否则的话，我所教的第二次约会的秘诀就没用了。你看，如果你连第一次约会都搞不定，何来第二次呢？想都别想啦。所以，拿好书，窝在最舒适的椅子里，裹上柔软的毛毯，让我来帮你找到你真正的吸引力。

❋ PART 1
抓住那该死的3秒钟

你马上就能做到吸引男人向你走来，并约你出去。听起来不可思议吗？当然不会！只要你掌握了第一印象的艺术并将它牢牢安在自己身上。

嘿，我曾经也是那种不自信、没人约的女孩。既然我能做到克服恐惧，面对自己的笨拙，并脱胎换骨成为一个迷人的女人，那么，你也能做到！

肢体语言比言语更重要

想要吸引别人的眼光，就一定要让他第一次见到你时就对你留下不可磨灭的印象。这些至关重要的第一印象在短短几秒钟里就形成了。对于第一印象中你的肢体语言、外形、谈吐各占几分，专家们有不同的意见，但是，他们却一致同意肢体语言和外形占得要比语言多。

直说了吧，第一眼看见你时，别人就会打量你，甚至没等你开口，他们就对你的价值做出了评估，并且这个看法会持续很久。这种评估来自于你的肢体语言（站姿、仪态、表情、手势）和你的外形（发型、穿着打扮、体型、容貌）。这些要素就是无声的展示。这几秒钟之内形成的第一印象往往不准确，但别人总是相信它，除非他们自己推翻这种印象。

你怎么看待这种不公平的第一印象？你应该不会觉得惊讶，对吧？不过别着急——即便你没当过杂志封面女郎，并不表示你不能给人留下深刻的印象。现在，你必须把留给别人的第一印象变成迷人而难忘的记忆。

相信自己是有魅力的，别人也会这么想

换种方式看待自己，你就会让别人也对你改变看法。你对自己的认识影响着你的一切外在表现——从你散发出的个人气质到你的一举一动，也就是你的整体姿态。它还会影响你对服装、发型的选择，以及影响你的化妆。你对自己的看法当然还会影响你的情绪，而情绪又会影响你的饮食习惯以及你一天所有的活动。哇！知道一个健康的自我形象有多重要了吧！那么我们就从最重要的部分开始吧。

我叔叔达尔文总说："你认为你是怎样的人，你就是怎样的人。"《圣经》箴言里说："因为他内心怎样思量，他为人就是怎样"。要我说，你只要不胡思乱想，就会变成你希望的样子，即，你最好的一面。每个人都有自己的魅力；只是有的人偏要把这种魅力藏在柜子里。如果你是这种人，现在就来改变吧。只要你一点一滴，不断地改变对自己的看法，从而每次出门都能展示全新的自己，那么，你就一定能掌握

美好第一印象的秘诀。

我得说我现在已经对你另眼相看了。你相信自己能够改变现在的约会状态，否则你是不会拿起这本书的。更让我钦佩的是，你不仅买了这本书，你还确实在读它，这说明你愿意通过努力得到自己想要的生活。你不是个空想家，你是一个实干家！你好厉害！相信我，奇迹就要发生了！

你能下决心改变自己，说明你的魅力就要冲出柜子了。继续往下看，按照我教的做，很快你就会掌握迷人的女人所必备的五个要素了。它们是五个"有"：有勇气、有自信、有主见、有掩饰、有魅力。

想象一个"安全环境"，把害羞情结赶出去

每一个单身女性都梦想能够一走进房间就吸引潇洒男士们的目光。假如你是安静而内向的人，难道为了吸引他，你也必须要表现得活泼外向才行吗？不，你不用假扮成别人，腼腆、害羞一样有吸引力。

关键是即使你腼腆害羞，你还是得有足够的勇气看着他的眼睛，这样才能吸引他的注意（我等会儿会教你怎么做）；否则还没等他记住你，你就从他的脑中消失了。你要像防水记号笔，一旦写上就永远擦不掉，不像白板笔，轻轻一擦就没了。所以不管你是什么样的人，你都必须接触他，否则他永远不认识你，看不见你，或者很快就忘记你。

如果你非常害羞，不敢去约会，那我来教你一个好办法，帮你搞定这种令你害怕的、与异性一对一的接触。这个办法是要在你一个人的时候练习。你舒服地呆在自己的房间里，找一支笔和随便什么能写字的纸。舒舒服服地，和我一起来想一想。

在什么环境里你不会感到害羞？在什么时候你能谈吐自如？你什么时候能感到自在，表现出真正的你？和我一起，想象这些放松的时刻。那是些什么样的情景？考虑一会然后把它们写下来。什么时候你感到安全，愿意从藏匿的角落里走出来？你心情怎样？看起来什么样？身边有谁？你在家里还是在外面？这种安全的环境具体是什么样的？在纸上详细写下这些情景。

下一次，当你感到"害羞"又要冒出来时，就想想这些回忆。把你所写的生动的记忆彻底吸进身体里，稍后当你需要勇气时就能想起来了。这些记忆不仅能帮你放松下来，也能帮你鼓起勇气使砰砰乱跳的心平静下来——这些勇气能让你抬起头看着他的眼睛，不会吓晕过去，或夺路而逃。

你体内拥有这种迷人的力量，尽管此刻你还找不到它。你只需深呼吸，脑中想想刚才你写下的那些"安全环境"，你就能变成那时的你了。

用感恩的心看约会：不要担心，快乐就好

当你把你那些胡思乱想都转变成感恩的心态时，你的吸引力就开始显露出来了。还记得在汤姆克鲁斯的电影《鸡尾

酒》中有一首热门歌曲，来自博比·麦克费林的"不要担心，快乐就好"吗？这么一个简单的概念，却是成功的关键。

嘿……约会就是为了开心啊！不管曾经有多少次约会令你泄气，从现在起，你要保持一种感恩的心态，谢天谢地那些糟糕的男人离开你了，好男人正朝你走来。日常生活已经有很多烦恼了，你无法再承受更多消极的思想，尤其不能对异性失望——如果你还想要第二次约会的话。所以，把过去的包袱统统甩掉吧。当然，你还是会有很多烦恼要面对，但是请训练自己往好的方面看。你会发现在任何情况下都有值得你感激的事——即使不是每次都能立刻发现。甚至连痛苦的分手最终都有积极的一面。你可以很庆幸终于摆脱一个差劲的男人，即使当时你不觉得他很差劲。

有些人会需要比其他人更多的练习，但我还是劝你，不管怎样，都要努力让自己快乐起来，因为大家都喜欢眼中闪耀光彩的人，对于忿忿不平的人则避之不及——你也不可能一直隐藏自己的坏脾气吧。

也许关于态度的重要性，作家查理斯·温德尔的描述最为贴切。多年前我第一次在画报上看见这段话，从那以后我一直把它当作我的箴言：

　　　态度，对我来说，比事实更重要。态度比过去的经历……比环境、比成败、比他人的想法、言语、行为更重要；态度比容貌、比天分、比技能更重要……

我们无法改变我们的过去……我们无法改变人们总要以某种方式行事的事实；我们无法改变必然要发生的事情，我们唯一能做的就是现在马上改变和调正我们对生活的正确态度。我深信，生活中的 10% 是事情本身，90% 是我们对事情所采取的态度。

甩掉过去的痛苦，成为你所希望的人

大多数时候，我们认为自己是什么样的人，我们就会变成那样的人，那么我们需要想想自己希望变成怎样的人。正确的思想先于并促成正确的行为。所以，如果你想法正确，你就能采取正确的行动。你一定得有这个心态。我们要做的就是想想好事，忘掉烦恼。如果你一直纠结于痛苦的过去或失败的恋情，你就会表现得愤愤不平，别人都看出来了，你自己却浑然不觉，这样会把想约你的人吓跑。

你只要不是婴儿，就一定已经尝过痛苦和拒绝的滋味了，难道不是吗？其实不是拒绝本身，而是你对于拒绝的反应，使你变成了今天的样子。如果你受伤越多，打击越多，你就会越不敢碰爱情，或者越来越认定自己会被抛弃，你这样看轻自己会影响你对异性的选择。

如果你觉得自己一文不值，那你就会专找差劲的男人，离好男人越来越远。你自己甚至毫无察觉。这样一来，要么你会排斥好男人，认为他们又怪又无趣，要么你根本就看不见他们的存在。很快你就会认为男人都不是好东西，却不知正是你自己的选择让你有这种看法。

看轻自己的人通常都会做出自己都厌恶的事，或者能容忍别人做这些事。他们这么做是因为他们觉得什么都不在乎了。相反，那些自尊自爱的人则会受不了别人的劣行。想想看，你认为那些脱衣舞女、钢管舞女郎或妓女们会有很强的自尊心吗？也许曾经发生过什么事（通常是在她们童年时期），使她们丧失了自尊。由于渴望感情，她们便用所知道的唯一方式来获得——麻痹自己，出卖肉体。

如果你曾经经常被别人打骂伤害，那么除非你求助并获得治疗，否则你就有可能会再次吸引一个暴力分子。也许他看起来不像，但最终他体内的暴力因素会显现出来。这很不公平，但事实就是这样。潜意识里吸引我们的，往往是我们生活中的"正常人"，而不是我们所期待的"正常人"。这也就是为什么很多女性最后都嫁给了和自己父亲很像的男人。这种感觉很熟悉，所以很自在（即使很痛苦）。我劝你在结婚前竭尽全力去唤醒你心中的睡神。

这又得再说说心态。你心里要清楚，你一生只能活一次，你必须活得充实！过去的伤害，现在的挑战，或者将来可能遭遇的拒绝都不能阻止你。如果生活对你不公平，如果从出生那天起，你的个人价值就被贬低，那么现在是时候了，大声说你受够了！你要扭转局势，主宰自己的人生。你心里要清楚，你会努力成为一个迷人的女人，那才是真正的你。

现在你准备好来学习迷人女性的五要素了吗？这一章我们将介绍前四个，第五个要素要留到下面一章单独讲。这五个"有"将把你打造成超级完美情人：能吸引男士约你出去，并让他不断地约你。

PART 2

有勇气：告诉自己"是，我能做到"

我要告诉所有单身女孩儿，包括害羞的、胆大的，学生、职业女性，少女、中年女性，单身母亲、独立的女性、对约会毫无经验的女性，以及突然间又变成单身的女性。

不管你属于上述哪一类女性，你都能成为迷人的女人，只要你能对下面几个问题回答"是，我能做到"——即使你得过一段时间才行。当你走进一个拥挤的房间，能否有很高的回头率？当你注视别人时，能否吸引他与你对视？当你对别人笑时，他们是否也对你微笑？当你和他对视几秒，然后转回头，是否会发现他从房间那一头走来与你说话？那就是迷人的女人！那个迷人的女人就是真正的你！我说的可不是那种你都认不出来的虚构人物，我说的是真正的迷人的女性，她可能现在就藏在你身体的某个角落。为了能把她找出来，你在看待自己的个性时要有胜利者的心态。

感到害怕也要去做！这是掌握任何诀窍的唯一方法。就像前面所说的，正确的思想引导正确的行动，正确的行动也

011

第一章

✻

魅力女神吸引力

会引导正确的感觉。如果你要先等感觉到自信之后再去做，而不是先尝试"装作"自信，那你就永远不会成功。即使你手脚发抖，你也得克服恐惧。冲破所有不适，抬起头。挺起胸膛直视他的双眼。慢慢地，不知不觉中，你将不再是假装自信了，你将会拥有自信！

勇气就是让你拨开曾经的伤痛，超越种种不幸，令你能够重新开始。克服恐惧获得勇气的唯一办法就是面对它。所以，我问你，如果你走过去对男士表现出好感，有可能发生的最糟糕的事是什么？把所有可能的情况都写在你的日记本上，然后想出至少两到三个有效的回应办法——你该怎么说？提前制订计划，无论发生什么，你都能勇敢应对。

还有就是，我们所担心的事情多数都从没发生过！好好想想这句话。我们浪费那么多时间在恋爱和生活中踌躇不前，就因为我们害怕那些90%都不会发生的事情。现在你应该说"我受够了！"就让我们来面对以假乱真的恐惧，然后享受我们的生活。

我过去最害怕的是在公开场合被羞辱，我相信自己有足够的理由感到害怕。我曾经不止一次当众蒙羞，我让这些经历改变了我的外在表现。没错，是这样的。

我所说的当众蒙羞到底是什么事呢？就好像是——你喜欢某个人，结果他大喊一声"你为什么老跟着我？我不喜欢你，离我远点！"提醒各位，这是我12岁时候发生的事，所以他也只是个小男孩，但是至今我一想起来还会感到刺痛。这很傻吧？这么多年，它一直影响我对感情的表达。一旦我大胆地认为我应该找个好男朋友，我就会感到恐惧，怕自己被当众羞辱。因为从那以后我一直认为一旦有人当着别人的面说喜欢我，他多半是拿我开心，就像电影《一吻定江山》里女主角被喜欢的男生丢鸡蛋，或是像恐怖电影《魔女嘉利》里，嘉利被淋了一身猪血。

我记得高中有一次老师给我安排任务，要我表演奥莉维亚·纽顿·约翰的歌，就是对口型的假唱。我向我姐姐借了舞会服装，并请她帮我化妆、做发型。当我到学校时，同班的提姆在学校那头朝我吹口哨，和他一块的还有几个足球队的男孩子。我当时吓坏了。我坚信他们就是在拿我开心，在笑话我。我想找个地方躲起来。我那时很没有安全感，不相信自己能以好的一面引起他们的注意。

然后到了大学，我的恐惧再一次被验证了。那时又有一个很受欢迎的足球队员约我出去，我立刻接受了，想着"太好了，大学里，事情会有所改变的"，结果那个男生放我鸽子。哈，这证实了我的观点——我不配得到爱情。难道不是吗？那个爽约的男生在高中就是臭名昭著的负心汉，我怎么会以为他已经改变了呢？难道仅仅因为当时他的朋友们都不在场？会不会是我把自己置于这种境地，专找那种没品的、靠捉弄别人来提高自己知名度的男生？

在我20多岁的时候，我发现事实就是如此。一旦我相信了某个假象，潜意识里就总想去验证这个假象。如果某个男人对待我就像我预想的那样，我就会被吸引过去。在生活和恋爱中，我们如何预料结果，通常结果就是如何，因为这结果就是我们自己选的。而如果我们预期的本就不是什么好结果，那每次都会实现——这就意味着我们每次都会失望。同时我们辨别不出好男人，即使他就站在我们面前，因为潜意识里我们认为自己配不上他们。

哇！好深奥啊！简单说，就是这一切都需要勇气：面对恐惧、看清真相以及发掘崭新的自己——一个迷人的你，应该得到男人的青睐。

❁ PART 3
有自信：让人感到"我现在这样很舒服"

电视剧《绝望的主妇》里的明星妮科莱特·谢里丹初次亮相是在喜剧电影《犯贱情人》里与约翰·库萨克演对手戏，次年又在晚间档肥皂剧《诺茨兰丁》中担任角色。当她在我们娱乐公司旗下的时候，我就对她毫不做作的自信留下深刻印象。她来我们办公室，通常都穿着运动服或者其他休闲装，化淡妆或者不化妆。妮科莱特似乎一点都不会受别人影响——她并不是表现出那种无礼的"高高在上"的样子，而是一种自信的"我现在这样很舒服"的姿态。当然你可以说她本来就很漂亮，所以她可以不受别人影响。但是我要告诉你，事实并不是如此。我当星探有 11 年之久，几乎每天我都会看见知名、漂亮的人，他们中很多人都极度缺乏信心。

我同意你说的妮科莱特·谢里丹很漂亮，她可以不化妆也很好看。但是她个人的迷人魅力却是源于她的自信和不轻易动摇。她就是要做自己，不在乎别人怎么想。她并不傲慢无礼，她只是自己感到舒适。

我结婚之前，大部分时间都在贝弗利山庄度过，那里满大街都能看到影星、模特，看到她们在名店云集的区罗迪欧大道购物，看着她们驾着豪华轿车兜风，或者在某些时髦餐厅里，她们就坐在你的身边。这太常见了，我们有时都注意不到她们。我为什么要说这些？在好莱坞，名流大腕们不会每次都被认出来，因为他们随处可见，毫不稀奇。只有那些迷人的人才能吸引你的眼光。我要学的就是她们的自信和魅力，因为那才是我要吸收的东西，那样，我也能学会引人注目。

我观察学习的那些模特和演员都非常迷人，此刻你肯定无法匹敌。但你也能到达那个程度——每次做到一个"有"就行了。

先假装，直到你真的可以

我很高兴地告诉你，想要看上去自信，你不必非要先自己感觉自信才行。先假装，直到你真的可以，这点对于打造自信是绝对管用的。一个简单快速地装成万人迷的办法就是站立时昂首挺胸。站直、抬头，别人就会觉得你很自信（但不傲慢）又有吸引力——即使你手心全是汗，两腿在发抖。

我是脱口秀节目主持人菲尔·麦格劳博士的忠实粉丝。但是我并不同意他所说的一切。比如在《爱得精彩》一书中，菲尔·麦格劳博士写道，"你一定要确信自己非常出色，否则，在这种高度竞争的约会游戏中你就不会成功……你不能假装出色。你必须真的做到很出色，然后知道自己很出色！"

要我说，你当然可以假装很出色！别忘了，先去做，然后才有感觉。首先你要改变自己的想法，相信自己能变得很出色，然后你做出很出色的样子，直到最终你感觉到自己真的很出色，这三样密不可分：想法——行动——感觉。

真人秀节目"美国偶像"第五季中的第七名凯丽·皮克勒，她每周都表现得很快乐，即使当西蒙·考威尔、兰迪·杰克逊和宝拉·阿巴杜当众批评她的表演——有三千万美国人都在看着呢。这个来自北卡罗来纳州阿尔伯马尔的可爱的乡村女孩，在整个比赛过程中始终保持着灿烂的笑容、礼貌的谈吐以及可爱的面貌。哦，我敢肯定她回到宾馆房间里一定大哭过，但是她还是装作很开心、迷人、自信，这让她获得名次。全美国的观众呢？我们都因此而爱上她。

所以，如果你不敢看某人的眼睛，那就假装自己是全世界最自信的人——抬起头，做出自信的姿态，然后看着他的眼睛。觉得害怕也要做。通过不断练习，经历一些尴尬的时刻（这不会要你命的），你会蜕变成一个自信女人，大家都想接近你。

正如我父亲常说的："天下没有免费的午餐。"这些需要专门去努力。加油，你会一点一点进步，自信也变成第二天性了。我知道自己一直在重复，但我还是要再说一遍：感觉是跟随行动而来的。记住，先是思想，再是行动，最后才是感觉。如果你想等找到迷人的感觉后才做出迷人的姿态，那你永远不会成功。要先做出自信的样子，不久你就会感觉自己很自信。你只需要撇开舒服熟悉的感觉，逐步为下一次行动积累动力，那么以后你就会喜欢一次次新的冒险。慢慢的，你就会奇怪自己曾经怎么会不敢看男人的眼睛。

端庄对男人永远有吸引力

正如我上文所说，这对于你这样害羞的姑娘也很管用，一个迷人的女人有时候也很端庄文静。人们都喜欢这样的性格。一个文静的女孩往往害羞又腼腆。男人不仅喜欢那些风趣、外向、直率的女孩，他们同样也很喜欢害羞腼腆文雅的女孩。这两种性格都会激起男人的好奇心，引发他们不断猜测。理想的女人是兼备所有这些特性于一身的。其实我们每个人都具备这些性格特点，只是有一些被压制住了，因为缺乏安全感或者生活的经验教会我们要压制它们。

一个高雅的女性所散发出的端庄的自信就很吸引人，尤其在当下当这种端庄变得难得的时候。我曾吸引过一个人尽皆知的坏男人，他追求我是因为我很文静，这和他平常接触的女孩很不一样。由于我让他捉摸不透，我激起了他的征服欲。不久他就向我要电话号码。而他吸引我是因为我那时很天真地以为我能改变他的生活方式来适应我。我们两人谁都没有赢，但双方都很享受这次尝试。

❀ PART 4
有主见：做自己认为值得的，而不是别人认为对的

一个有主见的女人是无法抗拒的，因为她知道自己做过什么以及她想要什么，她掌握自己的命运。其他女人想成为她，男人想占有她。你只要花点时间认清自己，重拾梦想，你也能够变成她。

你有没有把对梦中情人的希望一一列出来？如果你已经列出了，我很高兴，因为你可能不知不觉中已经很有主见了。把你的清单拿出来重温一遍，看看对于下一个约会对象有没有新的希望。如果你还没有列出来，那么现在就开始。拿出你的日记本，我们来设计一个完美的约会对象。想象自己是一个美妙的、诱人的迷人女性，然后拿起笔，描述一个你心目中配得上这个女人的男人。他有哪些特质？他看上去如何？他做什么工作的？他的信仰有多重要，有多强烈？把你对下一个对象期望的每个细节都想清楚，具体到头发的颜色。

如果不能达到你列出的所有要求，你还能和他约会吗？当然可以！有主见的女人能吸引各层次、各方面的人。你会吸引那些达不到列表要求的男人，你也会被他们所吸引，然后你会发现其中有些人拥有你清单上某些重要的品质。另一

些人则一个都没有。你需要把你的清单排个序，列出哪些品质是"必须要有"的，哪些属于"有了会很好"的，这样你就能决定和谁约会了。

如果你想挑出好的约会对象，你就一定要列出那份清单。为什么？因为现实很可怕：我们每个人都有一个看不见的导航仪，一个自动引导装置，它会把我们引向那些和我们在同一情感层面的人。这个现实就给你敲了警钟，你要尽可能地保持健康的情绪，这样你才能最终俘获如意郎君，而不是卑鄙小人。

"不要"和"想要"的画报

在我另一本书《找到你的真命天子》里，我曾让读者写一张征婚广告，配偶条件是基于到目前为止你以往所有恋情中的男友们的特点而定的。如果你还没写过，请现在就动笔。每一个前男友用一张纸（或日记本的一页），在纸的顶端写上前男友的名字，然后从中间画一条线直到底部。在线的一边写上他所有的优点，另一边写上缺点。每个前男友都用一张纸写一遍。写完之后，再重新看一遍，把至少在两个人身上重复出现的优缺点圈出来。其他的统统划掉。

现在你需要一张大的绘图纸或海报纸，一把剪刀，和一些旧的杂志、报纸或目录。在广告纸一面的顶端用粗体字写上"不要"，另一面写上"想要"。现在，看看圈出来的一系列前男友们的缺点。从杂志、报纸和目录上找一些文字、图片，能代表这种讨厌的男人和你以前不开心的生活，把它们剪下来，粘在板子"不要"那一面。反面"想要"一侧也一样——表示你喜欢的男人和想要的生活方式。贴上文字和图片，代表你的理想情人（尽管现在还没有找到）所具备的优点。把这张海报挂在家里，当作一个有趣的提示，提示你曾经走过的路和你将要去的方向。这会给你带来鼓舞。

面对自己的缺点，修补它

面对自己的缺点不是件容易事。但只有知道问题在哪才能修补它。当你贴海报的时候，不妨想想然后写下以下几个问题的答案：

1. 你所有的约会对象即使外表不同，内在特征是不是最终都差不多，也许体型和职业不同，但对待你的方式却都一样？如果是，那么他们相同的方式是什么，你觉得自己为什么会吸引那样的人？

2. 每次约会一个新的对象是不是都得到同样的结果？也许有几次你出去约会新的对象，但再没有下文了。就算他确实又打电话约你见面，那也不是个正式约会，而是在最后关头才打给你，还是让你去他家里。如果真是这样，你觉得发生了什么事，让他认为你不需要得到最好的对待？

3. 你知道约会对象对你的反映如何吗？无论是对象直接告诉你的还是从媒人那里得知的，他们怎么说？有没有什么评价比如你太粘人、太唠叨、太无礼、太爱抱怨、太邋遢、太干净、太……？他有哪些抱怨？他所说的是事实吗？如果是，你有什么需要改变的？

一旦你弄清楚了问题所在，对于所有的约会症结都有药可解了。比如说，如果你所有的约会对象对你都不怎么样，那解决办法就是建立自尊心，要求别人尊重你。当你自我感觉很好的时候，你就不会再对那些对你不好的人感兴趣。如果你发现约会的对象总是在最后1分钟才打电话给你，并且几乎不为你花钱也不带你出去，这里有一个简单的解决办法——不再接受这种临时邀请的约会。就这么简单。如果约会对象总是对你避而不见——比如他们总是说现在很忙或者其他什么借口——那说明你可能表现得太急迫了或者发展太快了。那也好解决，就是下一次约会的时候，不要谈什么共同的将来，以免把人家吓跑了。几次约会之后，再逐步谈到你们两人可能的将来，但不要第一次就提。

我知道回忆糟糕的往事会不舒服，但弄明白为什么会导致这种糟糕的结果对你来说很有帮助：你会知道下一该次如何获得好的结果。你必须知道自己缺少什么才能去补充它，你必须知道哪里破裂了才能去修补它，你必须知道哪里错了才能去改正它。仔细思考这三个问题，就是朝着希望的结果迈进一大步——很快你就会拥有第二次约会。

有主见的女人很积极。她们回顾过去、直面缺点、做出改变，然后逐渐迈向终点。

第一章
❋
魅力女神吸引力

展示自己的独特一面

电影《情话童真》是我一直以来最喜欢的言情片，里面的王子被德鲁巴里摩尔扮演的灰姑娘深深迷住，不是因为她是镇上最漂亮的少女，而是因为她很特别。她知道自己是谁，也知道自己想要什么。她很文静，而当她恭敬地说出自己的想法时却无比坚定。镇上没有多少女人爱看书，她却知识渊博。

你有什么特征能吸引别人？你的身世、爱好、天赋、经历、游历、工作、语言和知识有什么特别之处吗？也许你很惊讶地发现，原来自己曾做过这些特别的事情，也拥有一些别人没有的特点。动手开始写你的回忆录，看看这些文字都传达了什么讯息。也许你会吓一跳，你的生活原来是那么美妙！

不让繁忙的生活困住你的创意

哦，是的，你有创造力。你的创造力也许还没有被开发，就像那些不太使用的肌肉渴望得到锻炼。你的创造力"肌肉"，就像你身上的肌肉一样，都是不用就会消失的。你不觉得是时候来锻炼你那部分大脑了吗？你喜欢画画、涂鸦、唱歌或者写作吗？你喜欢去看电影、看话剧、看芭蕾舞、参观博物馆或歌剧院吗，即使只有你一个人去？

很少有人能去欣赏自己城市的旅游景点或自然风光。他们被繁忙的日常生活困住了，无暇享受。但是，不，不，不，你不是这样。你有创意，有创意的人了解他所在的城市，并知道身边发生了什么事，因为他们努力探索过。请你也像他们一样去探索，这样，不仅你的生活更有深度，在此过程中你也会遇见有趣的新朋友，也许还会带来新的约会呢。

你的梦想和志向是什么？你有哪些兴趣爱好？停下手边的事，打开日记本把它们写下来。再写出你本周要做哪三件事来满足这些兴趣。每周都做三件不同的事，这看起来不起眼，但却很有价值。你在寻找下一个约会目标的同时，也在追求这种全新的更美好的生活，这当然会让你变得妩媚动人。如果在前几次约会中你能展现出自身的动人之处——而不是一味地吐苦水——你的男伴一定会一遍又一遍地给你打电话。

有胆量坚持自己，才能脱颖而出

你有胆量吗？人们是否会对你说的或做的一些事报之一笑？大家是否都觉得你对某些事立场坚定并愿意把自己的想法告诉别人？你是否有勇气说别人不敢说的话，还觉得没什么大不了的？所有这些特征都源于"有胆量"，这些对单身汉有莫大的吸引力。

不要变成人云亦云、随波逐流的人。那样你永远无法脱颖而出。我很喜欢一首乡村歌曲里所唱的"你必须有信念，否则将一事无成"。对我来说，最宝贵的东西就是我的信仰。哦，为此我被嘲笑过很多次——尤其是在好莱坞，在那里如果你信仰的是"各路神仙"，那你就很时髦。有这种信仰的人，他们无论信哪个神灵都可以，他们认为所有信仰都是相同的，只是形式不同而已，所以你想信什么就信什么，这很酷。

第一章

魅力女神吸引力

但是如果别人知道你信仰的是耶稣基督，认为他是唯一的真神——哎呀——你就会被贴上思想狭隘、武断和无礼的标签。这个标签也许并不真实，但你还是得承受大多数人这种普遍的观点，不管你是多么富有同情心。你是否有胆量捍卫真正的你？还是愿意随波逐流？一个有主见且迷人的女性总是坚守阵地，无论火势多么汹涌。那样做，也许有人会公然指责你。但我以我的亲身经历告诉你：人们私底下一定很敬佩你，有时候在公开场合也会尊敬你。你想要变得耐人寻味吗？那么请坚守你的信仰。

✻ PART 5
有掩饰：通过调情暗中鼓励男人追求你

有一个小秘密要告诉你：迷人的女性擅长玩捉迷藏的游戏，先暗中引诱他，再让他把你追到手。亲爱的，你不要去倒追男人！事实上，这些都是隐秘的小手段，为的是让男人来追求你。让他知道你对他感兴趣——这点你无须隐藏——但重点是你该如何暗示他可以追你，让他知道你对他有好感。在这一节里，我将教你如何有掩饰地调情。

当你和男性调情时，不要明目张胆地追求男孩子，而是引诱他们来追求你。男人喜欢追逐，因为他们天生就是猎手。当然你也可以花大力气寻找并引诱单身的男士，但那样的话你就变成了追求者，而他则变成了被追求的人！

男人希望有这样的自信——当自己约你出去时你会答应他，所以，你应该通过挑逗他暗中给他们这种自信。这样男人才会开口约你，因为他确信你会点头同意，同时认为是自己在掌握一切。

其实调情对你有多方面的好处。你不仅不会像过去一样遭到拒绝，你还满足了男人的自尊心，因为他知道你对他很感兴趣。你看，绝大多数女人都清楚，其实很多男人很害羞而且没有安全感。所以对他们来说能重拾信心是很高兴的事。不用害怕被拒绝，你的调情暗示他接近你很安全——他会成功的，因为现实中有很多压力迫使男人要采取主动。通过调情，你不动声色地展开行动，让你潜在的对象发现你对他感兴趣——让他有理由过来——考虑得很周到，不是吗?

归根结底，调情是用一种有趣的、间接的方式来吸引好男人，不像直接走过去那样担心有可能遭到拒绝。就算没人给你介绍，你也能吸引帅哥约你出去。而调情的关键是适度的、诱人的眼神接触。

3秒钟的眼神接触

当今社会，我们已没有多少个人空间。人与人的目光接触很少，这可能是由于害羞，但是我怀疑更多的是因为你心不在焉。花点时间看看别人的眼睛，这能改变你生活中和所有人的关系，会让别人觉得真正有人在看他、听他、重视他。哇，所有这些只需要一个小小的眼神接触。目光接触的好处很多，其中之一是，适当的目光接触能变成一种调情，而且自然又轻松。

所以，你要下决心每天有意识地去和别人眼神接触，不管男人还是女人。显然，我不是建议你去和已婚男人或其他女人调情，我是建议你多些和他人的眼神接触，包括女人。我说的是每天都练习看别人的眼睛并凝视他的目光至少1秒钟。经常练习——任何时间，任何地点。在卖快餐的柜台、小卖部、干洗店、银行或者教堂里都去试试。任何时候，当你和商场或快餐店的收银员结账时，看着他们的眼睛。如果你不想让对方觉得你的眼神很暧昧，那么凝视的时间最好控制在3秒钟以内。

你第一次看快餐店服务员的眼睛时肯定会感到怪怪的，很不舒服。如果真是这样，你就该意识到你之前从来没有真正看过你周围的人。他们几乎每天都为你点餐收钱，为你端来食物，但你却从来没有正眼看过他们。改变自己，让自己更迷人。当你看他眼睛的同时，你也在看他的灵魂。

当你逐渐习惯于直视陌生人的双眼时，你就能很自如地扫视房间，看着单身帅哥的眼睛，无声地传递你的好感。

无声对话的艺术

下面我来简单说一下3秒钟调情：当你对面走来一位潇洒的男士，悄悄地改变自己的方位，以便在他的视线范围之内——比如在拥挤的房间里，在教室里，在商务会议中，在马路两边，或者在排队等候时。然后妩媚地看向他的眼睛。对，就这样，你捕捉到他的眼光了。当你们目光相对时，全神贯注地看他 3 秒钟（1 嘀嗒，2 嘀嗒，3 嘀嗒）。你俩目光相交，你用眼睛对他说话，然后嘴角微微上翘变成微笑——不是大笑，而是你最恰当的、温柔的、"我对你有好感"的笑容。然后你随意地挪开眼光，微笑着结束 3 秒钟的调情。

注视 3 秒钟足够传达千言万语。如果你能鼓起勇气对视 5 秒钟，加油吧，姑娘！毫无疑问你对他很有好感。不过倘若对视超过 5 秒钟，你就快让人感到不自在了。很可能是他先移开目光，这可不是什么好兆头。熟能生巧，每天练习一点点抛媚眼的技巧。

为了能够掌握 3 秒钟的抛媚眼功夫，下次你外出时，挑战一下自己，瞄准至少三位单身男士（手指上没戴戒指，身边没有女友）并练习你的调情技巧。

你是否已经准备好寻找下一个约会对象了？下面我一步一步教你如何捕获他：平静温柔地慢慢地扫视整个房间，目光快速地锁定在吸引你的男士身上，不着痕迹地瞄一眼他的手指看有无戒指。如果没戴戒指，锁定目光，开始 3 秒钟调情。再来一次，如果需要就默数——1 嘀嗒，2 嘀嗒，3 嘀嗒——给他一个浅笑或微笑，再若无其事地别开眼。但记住了，这可不是什么"看谁先眨眼"的瞪眼比赛。你仅仅是要引起他的注意，这对于获得第一次约会很重要。

如果他第一次对上你的目光却没注意到你，这并不意味

第一章
❀
魅力女神吸引力

着你失败了。如果她还没从椅子上跳起来冲到你面前，那么请等一会，接着重新开始，第二次、第三次，甚至第四次吸引他的目光，只要你们还在同一个地方。如果你们第一次见面他并没有约你出去，你也别认为是自己搞砸了。也许他还并不知道自己可以约你，也许他很害羞，也许他有女朋友了，或许你还需要继续修炼调情的功夫。

重复是件好事。当你这么想，就会觉得和某个吸引你的人（有意识或无意识的）接触是很正常的。难道你从没发现自己在拥挤的餐馆里总是不断地在看某个人么？你并不想盯着别人，所以你会移开目光，但不久你又会忍不住偷看他。我只是在教你如何得到想要的结果，你想和他说话，或者想和他约会！这只需要一点练习。

如果你的一次调情没有成功，另外一个原因可能是他不确认自己是否猜对你的想法。他可能认为你是在注意他，也可能认为你是把他当作别人了。经过三至四次眼神传递，他就明白了，但他不会对你反感，因为你做得很微妙。

我希望你能明白调情的艺术可不仅仅是用眼睛。你的肢体语言也能告诉他你对他感兴趣。如果你站着的时候没有双手环抱，你就在告诉别人你很开放，当你保持很好的姿态——肩膀向后，头抬高，收紧腹部——你在告诉别人你很自信。

就像我们已经认识很久了

把调情当作无声的交谈。周围发生一些事，你和他都注意到了。如果需要对某些事做出反应，你可以用"会意的眼神"看他一眼。你正努力和他步调一致，对你们同在的环境做出反应，希望能在你们俩之间建立一种联系。比如当你们看到一个可爱的小孩，或者一对老夫妻很恩爱甜蜜，你看他一眼，并微笑，让他明白你的意思是"那很可爱，不是吗？"如果一个服务员打翻了餐盘，你可以看着他轻笑一下，扬起一条眉毛，无声地传达"哎哟，不好。"如果你们其中一人身边发生了冲突，你们可以相互看一眼，用眼神交流"哦，不，接下来还会发生什么呢？"如果你们共同参加的某个活动非常无聊，你可以看着他表达同样的同情。用调情来进行交谈，不用开口，他会感觉他认识你很久了，那么他走过来和"老朋友"聊天就变得很自然了。

偷偷地练习这些技巧，你就会以一种安全、温和的方式表达你的好感。如果这个男人还是没有过来向你要电话号码，你也不用觉得自己被拒绝了，因为你们没有说话。你只是在隐秘地活动，这个秘密没人知道。保持迷人的姿态，无论在哪里遇到迷人的单身男士，你都要持续练习。很快，所有这些技巧都会成功，男士们会自动过来和你聊天。

现在你让我激动万分。你已经勇敢地撇开舒适的感觉，感受恐惧，并有必胜的心态！你知道自己能够表现得很自信，

第一章 魅力女神吸引力

即使现在不得不假装。你发现自己是一个有主见的女人，你明白自己走过的路、自己的愿望以及将要去的方向。你也学会了如何用眼睛去看世界，如何在拥挤的房间里和对面的帅哥调情。我得说，你学会了很多东西，不是么？

塑造你迷人的个性还剩最后一个要素，那就是魅力。翻到下一章，我们来从旁人眼中发现你的美。

❀约会"胜"经

1. 有魅力的女人给人留下美好的第一印象。

◆ 第一印象在你开口说话之前就产生了。

◆ 人们根据你的姿态、表情、手势、发型、服装、体型和容貌来评判你。

◆ 你对自己的印象影响你一切外在表现。

◆ 害羞的人也能像活泼开朗的人一样吸引人，只要你学会3秒钟调情。

2. 有魅力的女性有很好的心态。

◆ 你如何看待自己决定了你会如何行动，如何行动又决定了你会如何感觉，所有这些都影响着你的恋爱和生活。

◆ 迷人的女性积极地认同自己，并认为自己对异性很有吸引力。

◆ 改变你的态度就能改变你的气场（你外表所散发出的无意识、无声的信息），也就改变了男士对你的反应。

◆ 既然我们只会选择自己认为般配的男人，那么你就
应该不断改善对自己的看法，直到你相信自己配得
上那些优秀的、对你好的男人。

3. 有魅力的女人有勇气。

◆ 勇气是心灵的力量，使你能够承受拒绝，是追
求真正内在美的精神支柱。

◆ 想获得勇气，你必须面对恐惧，并撇开你熟悉
的感觉。最糟糕的事莫过于被拒绝，你已经遭
受过并挺过来了。

4. 有魅力的女人散发自信的光彩。

◆ 自信来自你的自我认定和自力更生。

◆ 即使没有感到自信，你也能看上去很自信——
先假装，直到你真正拥有自信。

◆ 自信的女人有时也很文静——腼腆，并会适度、
俏皮地挑逗。男人不仅喜欢有趣活泼的女孩，
同样喜欢端庄有教养的女士。

5. 有魅力的女人具有主见。

◆ 知道自己喜欢什么其实很简单，只要你拿出笔
写出对自己心目中白马王子的期待。

◆ 有主见的女人能够面对自己的缺点并努力
完善。

◆ 有主见的女人与众不同，有创造力并且敢于表

现出自己的坚持。

6. 有魅力的女人会暗送秋波。

◆ 有掩饰的女人知道如何不露痕迹地吸引男人，并让他觉得是自己先追求的。她不露痕迹地引诱男人直到男人追求她！

◆ 有魅力的女人能够自信地调情 3 秒钟，每天练习直到你熟练掌握，使这成为你生活的一部分。

◆ 会暗送秋波的女人在任何时间任何地点，看着帅哥的眼睛就能挑逗他。抬头，巡视房间，瞄准，然后接触。

展现迷人风情

1. 带着"不要担心，开心点"的情绪，列出你对自己或现在的生活感到感恩的十件事。

2. 我们一起来看看，你对男人的消极看法是否有可能是错误的。

   ◆ 把你对男人的负面看法写下来，连同让你产生这种看法的前男友的名字一起写出来。

   ◆ 现在，写出相反的观点，大声读出来，让自己听见。

   ◆ 如果你相信上面一条所说的相反观点，是否能改变你对男人的某些行为，如果能，请把它们写下来。

3. 去一些没有熟人的地方，与三个陌生人进行目光接触，微笑，然后移开目光。把你当时的感觉写下来。你感到自在，奇怪，紧张，有趣，还是害怕？

4. 现在该勇敢大胆一些；要感受恐惧并坚持下去；要假装直到你能做到。写下一些因为害怕失败一直没敢尝试的事情——任何事，在众人面前发言，或是唱卡拉 OK，骑车，或要求加薪。现在，想象你成功的情景，然后向目标迈出第一步。现在抬起头，走出门去做这件事。然后把这种勇气带给你的一切写下来。

5. 你将变成一个迷人女性，那么具体描述一个配得上你的男人。这对你来说很简单吗？还是你无法认同自己的个人魅力？

6. 如果你还没有做一个"想要"和"不要"的海报（我比较喜欢用厚的展示板做，不容易坏），请翻到第19页，现在就动手做。把它放在显眼的地方以便常常能看到。把第20页内容重新看一遍，然后仔细回答那三个关于面对自己缺点问题。

7. 看看你所列出的前几个男友重复出现的特点，你觉得自己为什么会吸引这样的男人？

8. 对于不是很好的第一次约会，写出三个你不满意的地方，比如，那个人不再约你了，他最后1分钟才打电话给你，或是"到我家来"那种第二次见面。

9. 回想你的第一次约会，你觉得自己做了或说了什么，让对方认为你接受这种对待？

10. 出去寻找调情的目标。在你本子上画一张表格，记录你每一次调情的情况。你和多少男人眉目传情？你迎着他的目光看了几秒钟？是他先别开眼睛的吗？你们能否无声地交谈？他有没有走过来自我介绍？你对整个过程感觉如何？

男人都是视觉动物

我不想骗你，外表的确很重要

让　他　第　二　次　再　约　你

THE AUTOMATIC 2ⁿᵈ DATE

2

THE AUTOMATIC 2nd DATE

和很多美国人一样，我也爱上了 ABC 热播电视剧《丑女贝蒂》中的女主角——贝蒂·苏雷兹。她是一个非常有吸引力且性格多元的人。从内在看，她是一个聪明、有活力、有天分的女人，但是从外表看，她是戴着头饰，箍着牙套的土气女孩。也许在常人的世界里她的外表不会令她感到困扰，可是贝蒂工作的地方是全美顶尖的时尚杂志公司，她的周围充斥着肤浅、势利、野心勃勃的人，他们整天拿她开心，在这里想建立信心很难。但随着剧集的深入，除了看到外在环境对她的挑战之外，我们还看到贝蒂正逐渐蜕变成一个真正迷人女性。

PART 1

有魅力：先俘获男人的眼，才能收拢男人的心

好了好了，你已经学会如何表现内在的美好而迷人的自己。现在你有勇气、有自信、有主见、有掩饰。但别人还是不会把你当成超级模特。说实话，你也许觉得自己正在主演你个人版的《丑女贝蒂》。怎么会这样？你内外兼备，为什么男人还是不会为你神魂颠倒？

现在我要提一个多数人都非常想问的问题：如果你不是绝色美女，对男士是否还有迷人的魔力？或者说，有魅力——彻底变成迷人女人的最后一项要素——是否意味着要身材完美，脸蛋漂亮？

我完全可以浪费你的时间，说些好话哄哄你，但是那样就对不起你买书所花的钱。你选这本书的目的就是想确切地知道该如何吸引男人约你，以及如何让他不停地给你打电话。为了让你能达成目标，我必须实话告诉你，尽管很难，但是你真的可以做到：真正的、最终的事实是，想要有吸引力，外表的确很重要。人类的天性就是喜欢接近漂亮的人，而避开那些看上去"不顺眼"的人。很不公平，但事实就是这样。

PART 2

你必须关心自己的外表

受《丑女贝蒂》的启发，2006 年 11 月，电视台《今夜娱乐》栏目决定自己亲自做一个实验，看看大众是否真的以貌取人。他们选择 MTV 电视台的前主持人凡妮莎·米妮洛来当小白鼠，身后有五个隐秘的摄像机跟着她，她扮演了两个角色，第个角色是"丑女乔伊"，这是凡妮莎花了 6 个小时化妆后的样子，她穿着"肥大的衣服"，这让她看起来臃肿又邋遢，她还戴着牙套，顶着一头冒油的黑发。第二个角色是金发碧眼的"美女乔伊"。小组成员去了几个不同的地方，比如大学校园，她在那里向过路的人询问，没有一个男生停下来和"丑女乔伊"说话，但所有的女生都停下来了。而面对"美女乔伊"，所有男生都停下来回答问题，却没有一个女生停下。唔…… 很有意思。晚些时候，她想去城里最热门的夜店，丑女乔伊被拦着不让进，美女乔伊则立刻被迎了进去。

南茜·埃特考夫是一位哈佛大学的心理学博士，并著有《漂亮者生存》一书。她发现几乎所有证据都显示人们更偏爱长得漂亮的人，甚至在某些想象不到的场合也是如此。"我们发现甚至在法庭上，人们会对长得比较好看的那个人更宽容，"埃特考夫说，"店里有人偷东西，人们不会先想到是他们干的，法院通常也不会判他们有罪。"所以，你说长相重要不重要？嗯，老实说，的确很重要。我们可以不接受，也可以承认一个现实，那就是人类的天性是更喜欢好看的人。但到底是什么使一个女人有魅力呢？她是否必须有光洁无瑕的肌肤和芭比娃娃那样的身材？

在南茜·埃特考夫的一项研究中，她询问了来自十个不同国家的女性对于美丽的定义。"我们发现其中一个最令人惊讶的现象是，全世界只有2%的女性能坦然地称自己很漂亮，98%的女性却不能。"埃特考夫还说，"（但是）当我们问她们'漂亮的含义是什么？'她们认为是外形好，她们会拿自己和超级模特相比较，她们说'我不够高，不够瘦，不是金发碧眼，我不像那些典型的美女。'"

经历过丑女乔伊，凡妮莎认为："我们对他人的看法总是来源于她们的长相和几秒钟之内所形成的评价。"她补充道，"尽管这话听起来很老套，但如果你光凭封面来评价每本书的好坏，那你什么书也读不到。"

《今夜娱乐》的"丑女乔伊"实验也许对你来说不算什么。我们都有亲身体验，美女不需要像长相一般的女人那样努力，也同样能得到男人的关注。人们会最先关注外表。我们要做的就是找到你自身的美丽。如果你想得到一次或者更多的约会，你就必须关心自己的外表；这是最最最真实的真相。你可以不理睬这些，然后坐在家里怨恨世界的不公平，继续过着没有约会的日子（这可不好玩）。你也可以行动起来，表现出最吸引人的一面，然后开始享受社会自动赋予美女的恩惠。

如果情人眼里才能出西施，那么你就要发掘自身的外在美！这一章的目的是帮你诚实地评估自己的优势和缺陷，以便能让你最大地展示美丽并隐藏缺点。

看看镜中的自己，准备从头到脚大改变

准备好，站在镜子前面，坦诚地看着镜子中的人，然后想想你在镜子里看到的人是谁。你要有意识地想想对自己外表的感觉，这点很重要，因为无论你想不想，你对自己内在的看法都会直接影响你呈现给别人的外在形象。所以，去吧，眼睛离开书本 5 分钟，去看看镜子中的自己……

你看到了没？你有没有把镜子里所看到的传递进大脑？你对自己的外在美是如何理解的？等等，别急着告诉你自己毫无希望了或者你一点也不喜欢镜子里的样子，我先来给你一点鼓励。没有人会百分百对自己满意。即使名模也会对镜子里的自己吹毛求疵。

我刚开始当星探的时候，演员们有时给我看他们的相册，我都会被他们对这些照片的评价震惊到。在我看来他们的身材完美无缺，而他们自己却百般挑剔，说些傻话，比如"你看这张照片，我知道该摆什么造型来掩盖我这要命的歪鼻子，所以你别被这个吓住了。"

无论我们是胖是瘦，似乎人类的天性就是一直盯着自己的缺陷——这些缺陷有时候别人根本没发现，我们自己却揪

着不放。甚至在昨天，我去健身房的时候遇见了一位迷人、性感、身材娇小的 40 岁女性。我们开始聊到在即将到来的假期，我们打算去巴哈马群岛的时候，她说："我不知道该怎么办，我这种身体不能穿比基尼，我身材从来没有这么走样过。"你知道吗？她真是这么想的。她认为自己肌肉松弛、看起来很恶心。天啊！我们多少次对自己说，我要是体重能有这么轻，或者，我要是能有这身材，那该多好。等我们真的做到了，我们还是会认为自己太胖了，依然对自己不满意。我对曾经有过这种想法感到无比惭愧，真是太傻了。我们对待自己，比别人对我们更加苛刻。

主演《丑女贝蒂》的女星亚美莉卡·费雷拉和演员兼歌手，格莱美奖获得者奎因·拉蒂法，她们都是迷人的女人，她们对自身形象了如指掌——对自己感觉很好才会有魅力！

"无论你是否很苗条，人们都太关注我们的外表了，"亚美莉卡·费雷拉在最近的一次采访中说。"这就遮蔽了生活中更重要的东西，比如爱自己，爱你现在的样子以及发现内在的自我。"费雷接着说道，"我们不是每个人都能穿小号或加小号的衣服，你知道吗？这根本无所谓！我对这样的自己感觉很好。"

因·拉蒂法说："有太多身材很棒的人，他们却没有自信。我不在乎你身材怎样，对我来说自信就是性感。"

如何才能找到魅力十足、靓丽动人的你？怎样才能把自己从路人甲变成光彩照人的大美女？你得首先从诚实地看待镜子中的自己做起，写出清单，然后做出评价。即使今天你发现自己就像丑女贝蒂或丑女乔伊一样，在名模如云的世界中毫不起眼，你也应该意识到自己能够有潜力变成魅力十足的女人——一个男人们都想接近的迷人女人。

好了，现在我们回到镜子跟前，看着镜子中的自己，就是此时此刻的你。你看见了什么？你喜欢镜中自己的哪一点？哪些是需要改变的？有没有发现自己有潜在的美丽，通过一些修饰就能显现出来？你周围没有人，所以你可以对自己诚实一些。你给自己的容貌打几分？你喜欢哪些，不喜欢哪些？

换一身衣服是否能够让你看起来更美，感觉更好些？你现在的发型给人什么感觉？是否需要换一换？上一次你变换发型还是在……高中时候吗？你的脸怎么样？看看镜子，你是否看见额头上深深的纹路？你是否愁容满面？你笑起来如何？你的眼睛会说话吗？我现在尝试让你有意识地去做的事，正是每一个看见我们的人在几秒钟之内所完成的事——分析所看到的人。

你对自己的总体影像还满意吗？你觉得哪部分比较好？你能做哪些小小的修饰，又该如何全面改变自己？

既然你已经对自己的个人印象有了全新的认识，我现在要和你分享一些简单的方法来让你看起来更好，无需很多钱，也不会占用多少时间。首先，我们来看三个"快速变靓"小贴士；其次，我会教一些简单的化妆技巧；再次，我会对个人风格提些建议；最后，我会简单聊一聊女人最热衷的话题——节食和锻炼。

❋ PART 4
做好三件事，你会看起来更美好

你现在就可以做三件事来改变自己，让你看起来更加美好。非常简单，就像数一二三：保持整洁，露出笑容，以及昂首挺胸。如果你能做到这三件事并形成习惯，每天关注自己以及自己在别人眼中的形象，你会发现在人群中脱颖而出是如此简单，不可思议。试试吧，你会发现自己越来越多地获得周围人赞许的目光。

每天沐浴

人人都知道要干净整洁，不要邋遢。每天洗个澡，喷一点香体液，这对于展现你潜在的美有神奇的效果，你对男士会更富有吸引力。只要你每天早晨洗个澡，就能避免不好第一印象，也能增加约会的机会。坦白说，如果你一大早就脏兮兮乱糟糟的，别说是你喜欢的男人，所有人都不想理你。

展露贝齿

每天清晨洗完澡之后，用你的笑容点亮整个房间！甜美的笑容能令你在人群中与众不同，并且不需要费心准备。一天中任何时候你都可以做到。我们所说的不是随便什么笑容都可以，假笑或心不在焉的笑可不行。那必须是一种充满感情、眼神明亮、两颊轻抬、嘴角上扬、贝齿微露的笑容。真诚的笑容能照亮整个房间。笑容是你身上最温暖、最友善的部分。这个表情告诉别人你很喜欢他们。

昂首挺胸

还记得电影《泰坦尼克号》中，莱昂纳多·迪卡普里奥所扮演的角色站在船头大喊，"我是世界之王"吗？还记得他那时的姿势吗？他高高地站着，伸出双臂，向两边大大地展开。你能透过屏幕感觉到那种蓬勃的活力和自信从他每一个毛孔中散发出来。你的姿势喊出了什么？我并不是要你做那种"我是世界之王"的动作，但是现在开始请关注自己的姿势、站姿和走路的方式，想想这些传递出了怎样的信息。

你有没有观察过自信的女人是如何走路的？现在开始无论到哪都注意观察她们。注意她们在电视、电影里的表现。她们举手投足是怎样的？什么让她们如此显著？迷人的女人走路时抬头挺胸，目光直视前方（没有朝上或朝下看），肩膀向后压，腹部收紧。

这里有一个小窍门，是我从一位健身教练那里学来的。他教我有意识地把腹部往里收，就好像要碰到我的脊椎那样，并养成习惯。这能强壮你腹部的核心肌群，防止后背疼痛，同时能让你的身姿更美好。变！只要下意识地去想想就能获得完美的身姿，很棒吧？

你的站姿很大程度上反映了你对自身美感的看法。如果你觉得自己毫无吸引力，你的身体语言就会证实你的感

第二章
❀
男人都是视觉动物

觉：塌着肩膀，眼睛看地，这会告诉大家你不想别人理睬你或者你不想和人交流。但如果你感觉自己很漂亮，那么从你的姿态到你的笑容再到你整个外表，都会散发出美丽。所以如果你还没有感觉到漂亮，那就先假装漂亮——昂首挺胸！

❋ PART 5
你的容妆会放电

即使你没有天使的面孔，你也可以通过化妆来让你的脸更美丽。浓妆艳抹并不可取，你只是要让自己的脸更漂亮一些，不是要让自己面目全非，认不出来。

老实说，我从来没有在早晨花一个小时时间来化妆打扮。我会心不在焉，我总是这样。我不知道是否因为我患上了注意力缺乏症而没有诊断出来，还是因为我对整个化妆过程没什么信心。不过，我确实很在乎我的相貌，并且我每天也的确会"全副武装"后再出门。而如果你愿意花更多时间在这上面，我敢保证一定会有用。只是这不适合我罢了，我发现它对我不管用，再说，我的脸也不是世界名画，不值得花那么多时间盯着看。

那些热衷于描绘自己脸庞的艺术家们，她们通常同样也有相配的鞋子、唇膏、皮包和珠宝首饰。她们全身没有一样是随手挑来的，她们看上去美极了。这对你是否实用，要靠你自己决定。如果是，那很好——去吧，你会真正变得与众不同。而如果你无法花那么多时间在镜子面前，也不必感到难过。

如果你不是上面所说的艺术家，那么我来分享一些小贴士，让你知道如何能在几分钟内使自己看起来更漂亮，这样你只要每天注意一些重点事项就可以了。

画个精致的底妆

如果你和我一样，眼睫毛又浅又稀，请使用睫毛膏。如果你的眉毛很淡，几乎看不见，请使用眉笔。如果眼睛是你最漂亮的部分，那就强调你的眼睛。如果你嘴唇很美，就凸显它们。最起码，唇膏、粉底和睫毛膏会令任何一个女孩看上去很精神，妆也不会太浓。一天之中我最小心的三件事是鼻子冒油、唇膏褪色和睫毛膏晕染。它们看起来没多大的关系，但是当我保持精致的妆面时和当我懒得管我的妆面时所呈现出的，是完完全全不同的两个人。如果你对化妆这件事感到没信心或是无头绪，你可以去任何一家大百货店的化妆品柜台，让她们帮你免费画个妆。她们会很乐意教你怎么画，因为她们希望你能喜欢她们的产品。

巧用唇膏：牙齿上不会再有口红印

经过多年的实践，我总结出了一个对所有使用唇膏的女性都有用的小窍门。是不是有时候你会尴尬地发现不知什么时候牙齿上沾上了口红印？其实你完全可以避免这种现象发生，你像往常一样抹上口红，然后把食指伸进嘴里，然后再慢慢抽出来。这个小窍门会帮你把嘴唇内侧（就是直接冲着你牙齿的那侧）多余的口红抹掉。然后很快地擦一下上下排前面的牙齿，好了，牙齿上再也不会有口红印了！记得在你每次使用口红的时候养成这个习惯。

一缕阳光

　　如果你恰巧和本书作者一样拥有过于白皙的皮肤，你最好找一款美黑产品或古铜乳液来为你的皮肤加点健康的颜色。多试试不同的品牌的美黑乳或古铜乳液，看哪款对你的皮肤效果最好。但是我要提醒你，请听我劝告，一定要看标签，并且使用完千万要洗手，否则，连着一周你的手上都是脏兮兮的。

✿ PART 6
穿出专属风格，体现独特品位

　　安吉丽娜朱莉是个极好的例子，说明只要改变个人风格，任何女人都能从荡妇变成贵妇。帕里斯·希尔顿、麦当娜、克里斯汀娜·阿奎莱拉和柯妮·拉芙是其他一些风格多变的明星，从原来的放荡不羁、野性十足变得文雅端庄、沉稳老练。你知道吗？他们整洁、沉稳的样子更有魅力。哦，她们浓妆艳抹的样子也很吸引眼球，但却得不到大家的尊重。所以毫无疑问，当她们选择更有品位的装扮后，便受到更多好评和更多人的接纳。

一个有魅力的女人有她自己的个人风格，这种个人风格更多是来源于自信，而不是因为没有信心而拼命博人眼球。你是否发现有时自己在商场里，站在一排衣服前挑选的时候会说"这件风格很像特里，哦，那件很像凯莉的风格……那件像不像妈妈的？"人们都有自己的风格，你的风格是什么？你喜欢这种风格吗？它是否很独特、很吸引人眼球、令人难忘？还是各种衣服的胡乱搭配？如果安吉丽娜、麦当娜和帕里斯能不时地改变风格，那么你也能。

找到自己的风格其实并不难，就是找到能反映你风格及爱好的衣服。同时也要充分凸显你的优点，同时避免一些时尚陷阱。下面我来介绍一些关于风格的小贴士，来帮你找到自身的魅力。

你的衣橱中不能只收同一款

旧约《传道书》中提示我们万事皆有其时，其中也包括我们的穿着。你的衣柜里装满了各种衣服，因为你在一年中会扮演不同的角色。你可能会喜欢扮演乡村女孩、职业女性、优雅的名媛、体坛明星或美丽的公主。这完全取决于你打算去哪，你在做什么以及你怎么看待自己。有时候你也许更喜欢穿成可爱帅气的女孩，阳光女孩或拉拉队长。嘿，我夏天就爱我的牛仔裤和大背心。男人也喜欢女孩子穿着球队的队服，只要是支持他们喜欢的球队。

衣柜里应该放些既适合你马上要去的场合，又能体现你迷人个性的衣服。就好像有时候需要穿得像个男孩子，有时候又要穿得时髦、新潮。但穿得新潮并不是要你穿得像地摊货，那样你只会吸引同样低品位的人。我曾在互动电视上看过 Bravo 电视台的真人秀节目"橘子镇贵妇的真实生活"，因为我的一个高中同学在里面。其中有一集，一位主妇的前夫拍了一些他女儿和其他年轻模特的性感照片，来为他的饮料公司做促销。拍的时候，电视的摄像机录下了这位父亲对女孩们的评论，"呜哇，她可真辣，漂亮又性感"之类的话。哎！这真恶心。如果你挑选的衣服能抬高你的价值，而不是与之相冲突，你就能吸引到值得喜欢的男人，而不会招来恶心的男人对着你流口水。

多逛街，要买既舒服又好看的衣服

当你在购买适合自己风格的衣服时，要知道——舒适绝不是你唯一追求的东西。如果这些牛仔裤会让你看起来臃肿又肥胖，那么不管它穿起来多舒服——请不要买。多逛逛，直到你发现又舒服又好看的衣服。你不要找借口说你买不到合适的，因为现在流行商品的选择实在是太多了，你几乎能隐藏任何形体上的不完美。记住，穿什么并不重要，只要是款型时髦，穿上又好看的就行。

衣服背面的效果不容忽视

穿好每件衣服后，你一定要知道自己背后是什么样。当你在店里买衣服时，请使用更衣室里三面墙上的镜子，这样从每个角度都能看到你的装扮。你自己在家混搭衣服时，则可以使用一面小镜子来看看自己的背影。正面好看的装扮背面未必同样出色，所以你要帮自己把正反两面都看看。

❀ PART 7
好体型不仅吸引目光，更是健康的标志

这一章我们不能只讨论外表，我们还要谈谈对自己体型和体重的感受。现实情况是，在日常生活中，我们对自己形象的感觉时刻影响着我们的情绪。这很讨厌是吧？老实说，谁能时时刻刻都觉得自己艳光四射呢？甚至那些美艳的明星也不能。而可怕的是，一旦我们身材不如意，我们往往会惩罚自己去猛吃或一直坐着不活动，而不是积极地进行有氧运动来提高我们的心率，从而消除这些情绪的波动。

那么女性应该怎么做呢？制订一份计划，这就是你要做的，就这么简单。写一个计划出来，要有具体的目标以及足够的理性来保证健康的饮食和强健的身体，坚持按照计划实施，不用非常精确但是一定要坚持，每达到一个目标都要庆祝一下，并为你的健康和身材制订一个新的目标。

上一章我们曾说过，你对自己的看法会影响到别人如何看待你。情绪会影响你的外表，因为它会影响到你的饮食、站姿、穿着甚至你的化妆。改变负面情绪和不再小看自己的一个关键，是要去适应一种健康饮食和合理健身的生活方式。还记得我们"思想，行动，感觉"的公式吗？这对激励我们不断追寻健康目标同样管用。我们先来想想自己最好的体型和最健康的状况是怎样的，并制订一个计划；接着，我们把这个健康饮食和合理健身的计划付诸实施。然后我们就会觉得更加自信，再后来，我们已能够吸引身边更多人的眼光了。

让你感到健康和快乐的身材就是最佳体型

无论你是需要减重 10 磅还是 100 磅，想让体重不断变轻，关键就是你要一点一点、坚持不懈地朝着你的目标前进。没有什么"完美"身材，它不是那种你在时尚杂志和小报封面上所看到的体型。你所追求的应该是能让你身体健康的并使你感觉很好的体型。而对于饮食和健康的建议，你最好去咨询一下你的医生。

最近人们开始抵制那些不健康、过于消瘦的模特，媒体也经常报道患有厌食症和暴食症的明星的新闻，很明显，骨瘦如柴并不能使你感到自信，也不能给你带来任何快乐。如果问我是否想要回到当初穿 2 码衣服的身材，答案是，也不是。你看，为了保持 2 码的体型，我吃的就不能像现在这么多了，可我很喜欢美食。所以呢，我不再想变回 2 码。

什么样的体型才能吸引某位单身男士的目光？美丽不仅

仅是看裙子的尺码。通过健康饮食来获得及保持你的体重，这能让你感到健康和全身心的快乐，别人也会有同样的感觉。让这成为你的理想体重和理想尺码——可能是2号、4号、6号，甚至是10、12或14号。这就是你身体里面那个迷人女性合适的体型，也是你获得源源不断的约会的合适的体型。因为当你感觉很好，你看起来就会很好，你的魅力就会让男人神魂颠倒。

减肥的关键不是节食，而是改变饮食习惯

多数人的节食只能维持很短的时间，而你生活中能一直坚持做下去的是改变你长期的饮食习惯。你是不是常听说某个女人很勇猛地减掉了100磅，结果仅仅一年就反弹回来了？难道就不能避免反弹吗？当然能。但是常见的情况是当你长时间地节食，你会能量透支，从而极其渴望恢复"正常的饮食"。为了保住减肥成果，我们要制订一个能伴随我们一生的计划，不断定下新目标，让我们始终保持积极性。

从我20岁起，我几乎试遍了所有的节食食谱，其中有些效果好些。就我个人而言，我喜欢碳水化合物，以后也会继续喜欢下去。我不想从此以后放弃意大利面条和面包。但是我也从中学到了要爱吃全谷食品和摄取健康的碳水化合物，所以尽管尝试的时间很短，但阿特金斯减肥法和南方海滩减肥法对我还是有些帮助的。

10 个简单步骤让你适应新的生活方式

1. 每天一定要吃早饭（上午 10 点之前），这样能加快你的新陈代谢。（不吃早饭不是减肥的好方法，因为这样不仅不能消化食物，反而会告诉你的身体要储备食物来应对"饥荒"状态，你会维持或增加热量，而不是减少热量。）

2. 每天至少喝 8 杯水。

3. 每天至少活动 20 分钟。

4. 如果每天不能做到三餐都不碰油炸食品，至少做到两餐不碰。

5. 每天至少吃两次水果和蔬菜。

6. 坚持阅读纤体或健康书籍和杂志，并访问它们的网页，以此给自己增加动力。

7. 要庆祝取得的每一点进展，无论是减轻 5 磅还是坚持减肥 3 周。把你对自己表扬或其他的话写下来。

8. 晚上 8 点以后不再进食。

9. 每周称体重不超过一次（要清楚每月你身上都有 3 到 5 磅的重量是水）。

10. 就算你没能遵守饮食计划，或打乱了你的健身计划，也不要放弃。继续进行，不要半途而废。你追求的并不是完美，而是健康的生活方式。

你必须要动！动！动！

运动——呃，我最痛恨的两个字。我从来不喜欢在外面工作。我会出门是因为我必须这么做。当我不必出门时，我则为此付出了代价：身材走样，脾气糟糕。如果没有计划，没有把目标写下来或没有明显的成果，我就无法坚持下去。你怎么样？你要如何做到每天活动至少 20 分钟？你可以做些常规的健身像慢跑、跑步、远距离徒步、跳有氧操或体育运动。但也可以绑上计步器，每天想办法多走路，比如把车停在离商店门口较远的地方，爬楼梯来代替电梯，送洗衣服时多走几趟，或者在你家附近、办公室、学校周围散步。

当你对自己的体重还不满意，就要想其他办法锻炼。找个女朋友一起，让她做你外出锻炼的同伴。你可以到附近的健身房里去锻炼，试试爵士健身操，或外出的时候听些有激励性的音乐，你也可以试试瑜伽或普拉提。选择是无穷无尽的。看看你手头的所有相关书籍，并制订一个你能执行的健身计划，然后坚持到底。

给自己加油：你能做到！

相信我，你能做到。无论过去你曾失败过多少次，今天，你可以重头开始，为理想的自己而奋斗！启动程序，写下你的饮食、你运动了多少和你达成了哪些目标，以此来让自己保持高昂的斗志。庆祝自己过程中所取得的每一次的成功，无论它多么微小。每一次的"胜利"都将给你加油，让你充满力量继续前进。世上没有完美的体型，但是却有一个适合自己的健康体型。请在医生的帮助下，找到这个适合的体型，坚持不懈地追求它，同时也要好好关爱自己的身体。

❋ PART 8
感受改变带来的惊喜，进一步让自己更完美

好了，女士们，现在我们再来看看那面镜子。如果你已经关心过自己的外表了，那么，第一，你已经做到基本要求了（干净整洁，面带微笑，昂首挺胸）；第二，你已经完全知道自己需要化什么样的妆了；第三，你正在培养自己的个人风格；第四，你有健康的饮食和健身计划。现在该重新回到那面长镜子前了，看看自己有哪些进步。

你是否看见自己已经有显著的积极的改变？你能否看见一个迷人的自己在镜子里闪光？我认为你一定对自己这些天所取得的进步感到自豪，无论它们多么微小。我对你也感到自豪。看到只要多花那么一点点时间，多付出一点精力就能做到这样，是不是很激动？而且，形成一个习惯只需要 21 天的时间，所以如果你把所有这些基本的行为融入你的日常生活，只要 3 个星期，你就能不知不觉按照新的计划生活了！

如果你发现你身体的某个部分仍旧令你头疼，甚至在你做到了本章所讲的四个步骤以后，情况还是不好，那么你还有一些选择。你可以考虑做一下简单的脱毛美容，或者更为猛烈一些

的，如整形手术。如果你考虑后者，那么请确保你这么做是因为你想要这样，而不是因为你感到来自朋友和家庭的压力。

脱毛美容

对自己外表进行一些花费不高，而且不太痛苦的改造能有效地增强你的自信，也能令你人气大增。你可以先从简单的脱毛开始，自己用镊子拔掉眉毛，或者脸上或下巴任何多余的汗毛。你也可以找专业的美容师帮你用蜜蜡脱去眉毛、腿上、腋下或脸上的毛发。最近越来越多的人选择激光脱毛，但这比蜜蜡脱毛和自己使用镊子都要贵。其好处是永久脱毛，一劳永逸。

美白牙齿，让笑容更亮丽

经常喝咖啡是否令你牙齿发黄了？来看看怎样使你的牙齿变白吧。随着新的美白牙齿技术的不断产生，其价格也越来越便宜。你可以试试直接到柜台购买洁牙产品，也可以去牙医那里使用牙齿用美白凝胶或进行一次性的牙齿漂白。打电话问问牙医各项目的价格。

如果你对自己的牙齿很没信心，也许你可以看看在牙齿矫正领域最新的产品。除了传统的银质牙套外，他们甚至生产出了透明牙套和彩色牙套。牙罩也越来越普遍。看看哪个最适合你，是否崭新的笑容能提高你的自尊，并让你更自信地露出洁白的牙齿。

清除脸部皮肤问题

你是否长了可恶的小小的色斑、粉刺、痘痘？去医院诊断一下，然后把它们清理掉。治疗皮肤问题的费用多数是由医疗保险担负，所以你只要花一丁点的钱就能消除这种不必要的不安。

你敢更进一步吗？

最近美容整形越来越普遍，你也许很惊讶地发现你的一个朋友最近做了一个小小的美容整形。而且这个过程也越来越趋向于无创伤。甚至传统的隆鼻术都有其他方法了。市场上每年都会涌现出各种最尖端的产品。

《今夜娱乐》曾做了一次报道，除明星外，越来越多的人选择非手术的方法来让自己看起来更美。在最近的一次调查中，每年超过一千一百万次美容整形中有81%是无需动刀的。最新的技术是注射型填充剂，像是肉毒杆菌素、液态拉皮注射液和玻尿酸填充剂等。这些号称是简便、非创伤的整容方法，能令你看起来年轻好几岁。另外一个选择是定向激光，据说感觉就像被橡皮筋弹了一下。它能消除深色斑点、恼人的红血丝、痤疮疤痕，以及面部皱纹等。

洛杉矶的一位皮肤科医生瑞贝卡·菲茨杰拉德医生就为顾客提供非手术的整容项目，她说，"越来越多的人认为，想要变得漂亮，从没有像今天这么方便、安全、简单，你都不必做手术，而且只要5分钟就可以了。"菲茨杰拉德医生说有多种方法能令你年轻几岁，肉毒杆菌素就是其中一种。而真正占领面部整容市场的是填充型注射剂，它能使脸颊丰满有弹性。"你不用冒很大的风险，因为你没有做手术，这不会耽误你很多时间，你不用请很久的假，你的脸不会肿也不会有淤青，这些方法也不贵。"菲茨杰拉德医生说。

如果想研究美容整形的最新成果或想了解这方面医生的信息，您还可以登陆相关专业网站这些网站介绍美容过程、恢复情况、期待的效果和相关价格的信息。自从有了搜索引擎，查询比任何时候都更快更方便了。你仅仅需要输入几个关键字，你就找到自己所关心的信息（比如腹部吸脂、鼻子整形、面部提拉、果酸换肤等）。

任何一个美容方法都要谨慎对待，无论你是做手术还是使用填充剂。一定要从医生那里拿到转介书，让他推荐你去专门的机构实施美容，或者先和你的美容医师见面。对于各种形式的美容术，尽可能地多看看相关杂志书报，了解其风险、需承受的痛苦、恢复的情况以及所需费用等。最重要的是，确保你这么做完全是为了你自己，而不是为了别的什么人。

❈ PART 9
一点点改善，激发出体内更多的美

多关注一些自己的外表能令你的魅力指数大增。提高自信心也能增加你的内在美。你有没有看过电视上那种美女大变身节目？节目的制片人上街去找一些男孩女孩们，要求是找那些头发乱糟糟，装扮过时，或是需要精心打扮一下的人。变身过程包括换一套新的衣服、一个新的发型和专业人士帮忙化妆，就这些。当这些都完成后，人们几乎都认不出参与者了——她们看起来更挺拔、更自信，因为她们看到了自己的美，并且他们非常喜欢这样的自己。

你是仅仅就梦想着参加这样的节目呢，还是愿意主动发掘自己，变成自己最美的样子呢？如果你不是天生的绝世美女，那么感谢老天你有机会先培养自己的性格。你认为怎么样？

努力加油，花些时间来制订一个大变身的计划，尽力提升你的外在美并努力保持住，要充满激情，正如你不断修炼内在美一样。让自己变得更好也许只需一步，也许会需要很多步，你的计划也许很简单，只是换一个发型，也可能很复杂，需要做整形手术。无论你决定做什么，要知道，能改变你的只有你自己！

说到变身美女，还记得《改头换面》节目吗？参加节目的人接受了一些大的整形手术、牙齿美容和一些个人培训，以取得翻天覆地的变化。其实多数人并不需要如此大动干戈。当那档节目正在播出的时候，我和孩子们恰巧在商场看到了他们公开招募参与者。那里有几百个，不，几千个人围在商场里，都在争取一个免费的整容机会。

庞大的人群很吸引我，于是我随意地沿着长队走去，边走边看这些希望被选中的参赛者。其中只有一小部分人被选中，她们都是有严重的或明显的身体缺陷。而队伍中大多数人看上去就像是每天从我们身边走过的路人。我的意思是，她们非常正常，长相尚可，却总认为自己需要整形。她们真正需要的是一点点个人的改造，就像上文我提到的那些，比如换个流行的发型，换身行头，或者化个妆。

我们体内都同时存在一个美女和一个野兽。有些人的野兽个性要比别人多。而现在你应尽量多地把美女激发出来而把野兽隐藏起来。改造自己是不是意味着要不停地想着自己的外表，并且每天早上在镜子前花上一个小时的时间？正如我之前所说，我并没有这么做。但我确实做到了对自己有个交代，我为此花了很大的精力和时间并保持住了良好的成果。相信我，我曾经就是个毫无特色的路人甲，如果我能变身，你也能。我内心是个普通的人，只是外表看起来比较自信罢了；我从之前的没有人约到后来约会不断！我对你很有信心，我亲爱的读者，因为你确实很在乎自己，也很在乎你的魅力指数，否则你就不会读这本书。我要再次为你鼓掌。

❀约会"胜"经

1. 没有办法，在我们所处的世界里，长相确实很重要。
   "漂亮的人"得到更多的惠顾，人们会对你更和蔼，
   更仁慈。你可以选择抱怨和憎恨，也可以尽你所
   能展现自己的美。

男人都是视觉动物

2. 迷人的女人有魅力，这是一种特殊吸引力和动人的个性。

3. 我们的外表反映出我们内心对自己的看法。你的外表显示出了什么？

4. 站在镜子面前看看镜中的自己，发现自己美的地方，努力放大这些美，同时隐藏、完善或改掉自己的缺点。

5. 按照三个"快速变靓"小诀窍所教的去做：每天洗澡、笑容明媚、昂首挺胸。

6. 这个姿势能使你的肚子越来越平坦，强化你的中央肌群，还能让你更加自信：养成习惯，朝着脊椎方向吸住腹部，然后抬起头，肩膀向后打开。

7. 你从镜子里看到了什么？你的笑容怎样？你的皮肤如何？擦一点粉会不会看起来更好？还是你需要每天早上多花一点点时间来打扮？你是否需要一位美容师或皮肤科医生，一位整牙医师或是美牙医师？也许你需要和整容手术医师私下聊一聊？你自己决定。

8. 使用口红的小窍门能避免口红沾到牙齿上：涂完口红后，把食指放进嘴里，闭上嘴，然后把手指滑出来，这样能去掉有可能沾到牙齿上的口红。接着用舌头把上下牙齿刷一下，好了，牙齿上再也不会沾口红了！

9. 只要穿对衣服，你能掩盖所有的缺陷，所以多逛几个商场，直到你找到舒适合身，同时从各个角度都好看的衣服。

10. 美不仅是看裙子的尺码。拥有健康的饮食，并保持一个合理的体重——既能让你感到健康又令你身心愉快，这是你正常的体重。它能让你的约会源源不断。

11. 记住，你只需要稍微注意一下自己的外表——梳理头发、美白牙齿、清除脸上的痘痘或斑点，这会令你更加光彩照人，信心百倍。

日志提示

你的眼睛看见了什么

　　站在长镜子面前，穿着平时穿的衣服，花5分钟认真地看看自己，无论你想到什么，统统照单全收。现在离开镜子，拿出纸笔，写下这几件事。

1. 用一个词描述你所看到的自己。这是个不好的词吗？如果是，那么请写下反义词，并解释你觉得自己应该怎么做才能符合那个新词。

2. 写出你所喜欢自己外表的十个地方。

3. 如果美丽隐藏在你的身上，你觉得应该怎样做才能把这种美丽引发出来？

4. 你最糟糕的特征是什么？你身材上最不满意的是什么地方？

5. 上一次你换新的妆面，新的衣服或发型是什么时候？如果是很久以前了，今天就来做个改变。翻阅一些杂志，看看里面有没有你喜欢的形象，包括你喜欢的化妆、衣服和发型，如果有，把它们剪下来贴在你的本子上。

6. 今天当你在上班、上学或是在散步的时候，我希望你能观察五个人，并在本子上描述一下他们的姿势所传达出的信息。

猎男导航

到哪里遇见好男人

让 他 第 二 次 再 约 你

THE AUTOMATIC 2nd DATE

THE AUTOMATIC 2ⁿᵈ DATE

在电影《怪兽婆婆》里,珍妮佛·洛佩兹所扮演的查丽·坎蒂琳妮是一名遛狗师,她和男主人公凯文·菲尔德医生(迈克尔·瓦坦饰)在各种意想不到的地方相遇,这位医生鼓起勇气约她出去,后来成了她的未婚夫。他们第一次意外相遇是在菲尔德医生举办的派对上,派对是查丽朋友操办的,那晚她在派对上做服务员。第二次,他俩在海滩上相遇,当时查丽在遛狗,手里牵着大约十来条狗,医生则正在晨跑。第三次相遇是在当地一个咖啡馆里喝咖啡。三次相遇都是在不同地方——但都是生活中常见的一些场所——相同的人,不同的地方。你的下一个约会对象也许就站在你的面前,在任何一个常去的地方——请睁大眼睛仔细看看!

欢迎你来猎艳。那些容易接近、潇洒的单身男士都在哪里?我说的是那些会约你出去并请你吃饭的男人。毕竟,你内在的那个迷人女性已经浮出水面。你现在对生活信心十足。

你准备好大展拳脚，开始新的约会了。那么，他在哪呢？你现在已经准备好进行一场奇妙的"相遇"之旅；你所需要的就是一张能显示方位的地图。

我手里就有这张地图。你看，即使你生活在一个小城里，你身边也到处都围绕着单身的优质男人。在某些地方，某些场合，你完全能够认识到好男人。你不必非要到酒吧或夜店才能遇到他们。

你只需要训练自己，每天有意识地去留心从你对面走来的人。学完第一章和第二章后，你会发现自己自信满满，并能够让你睁大双眼来观察周围的人。你再也不会到哪都心不在焉了。你现在已经能够抬头挺胸，扫视房间，看着每个人的眼睛。所以准备好来遇见你下一个新的约会目标吧。

遇见这些"可以约会的男人"主要有两个办法，一是自己想办法和他们相遇，也就是本章的重点内容；另一个遇见潜在对象的办法是通过熟人介绍以及相亲——就是让生活中的其他人帮你介绍。这主要放在下一章来讲。

去年的圣诞节我终于给自己买了一个汽车导航仪。我并不是第一次使用导航仪，由于我的方向感不怎么好，所以每次租车外出时我都要配一个导航仪。我爱死这个东西了，现在我自己的车上时时刻刻都开着它。我要做的只是输入目的地，那个优美的英国口音就会一步一步地告诉我怎么走。如果我走错了，那也没问题，她会说"重新计算路径"并从我现在的位置重新开始导航。

哇！真希望有个导航仪能告诉你在哪里能遇见好男人。就是那种搜索约会目标的系统，提供给你最好的路线，它不仅会告诉你哪里有大把的好男人，还会指点你在哪里能找到下一个约会对象。嗯，这个导航仪就在你的手上。虽然我没有那么优美的英国腔，但我能帮你开发出自己的定位系统——猎男导航仪。

✽ PART 1
你还没有约会，是因为缺乏想象力

你有没有注意到，一旦你开始想着某个特别的东西，这个东西就会经常出现在你眼前。拿新车打个比方，比如说你正考虑买辆新车，并把目标锁定为海蓝色的野马车。然后接下来的整个礼拜，你突然发现无论走到哪都会看见有人开着蓝色的野马车驶过。这并不是因为一夜之间所有人都跑去买了这款最新的车，而是因为这辆车是你现在想要的，所以野马车突然就吸引你的目光了。为什么你不运用这种天生的搜索力来寻找一个英俊的如意郎君呢？只要有意识地去想一想你要寻找的男人是什么类型，这种男人就会无处不在——因为当他从你身边走过时，你会自然而然地关注他。很酷，对吧？

如果现在你还没有约会，那唯一的原因就是你缺乏想象力。下面我要给你两个建议——第一，去些新的地方；第二，遇见新类型的男人。你当然可以有更多的选择，但是，这些建议却能使你更具有创造力，在你寻找那些单身男人的过程中——这些男人也渴望遇到娇媚迷人的女性——你可以睁大双眼，去不同的地方，去见不同的男人。

下面这些可能会对你胃口。我总结了一下，你想找好男人的话，可以去城市广场、时尚餐厅、教堂、办公室、健身房、购物中心、个体小商店、卖器械的商店、运动场、乡村俱乐部、博物馆、城市公园、慈善会、大学、音乐厅和汽车展，以上是我简单列举的一些地方。你明白我的意思了吗? 到处都有男人，你只要知道到哪里去找，并真的开始去找。

更令人高兴的是，就像我们在《怪兽婆婆》那部奇特的爱情喜剧里所看到的，想见某一个人，不是只有在一个地方才能见到他。电影里那个魁梧的肌肉男一周里面会出现在各种场合，各种地方。你只需要在大概其中两到三个地方——那些合你品位和兴趣的地方——出现就行了。有趣的单身男士，无论他的职业是什么，无论他是一个商人、牧师、艺人、医生、工程师、推销员，还是军官、军人、歌手、演员、政客、企业家、大学生或者运动员，他们通常下班后都会去很多地方。

如果你想知道在哪才能看到同一个人，我们来看看除了上班的地方之外他还会去哪。以我丈夫威尔为例，他是个商人。威尔经常去看大学生橄榄球赛、职业篮球赛，去听音乐会，去教堂参加教堂活动（他是志愿者），看车展、飞机展，打高尔夫球，去机场（商务私人的都有），去公园，看赛车，去健身房、牛排馆、墨西哥餐馆，他还会去大卖场，去百思买或其他电子产品商店，去醒目形象或其他小工具店，还有更多。哇，我都数累了。

想要增加你和帅哥相遇的机会，除了去一些没去过的地方以外，你还可以睁大眼寻找那些你没接触过的类型的人。有穿制服的，有穿西装的，有穿游泳裤的，有穿戏服的，这里有各种各样的男人！

是的，姑娘，这是要花时间和精力的。如果你想要更多新的约会（当然是指能带来第二次约会的那些），你必须花时间努力寻找。你的努力一定会有回报！另外，我们还能时不时地找找乐子，因为寻找下一个约会目标是件很有意思的事。把导航模式调到"猎男"上，这次再也不会听到别人说"姑娘，你要多出去走走才行！"因为只要你跟着本章的计划走，你就会有很多机会出门。我无法告诉你具体在什么时候去什么地方，但我能告诉你，你出门时间越多，你就越有可能遇见你的白马王子。

✦ PART 2
去一些新地方，增加遇见好男人的机会

有付出就有回报。在你去一些新的地方，参加一些全新的活动来增加你遇见好男人的机会的同时，你会发现自己喜欢什么，不喜欢什么。当你确定自己不喜欢某个地方，你就稍微调整一下搜索模式，以后不再去那里见男人就行了。做

这样的选择能够让你更有可能找到志趣相投的男人，也能帮你少见一些不合拍的男人。而如果你根本不愿意尝试去一些新的地方来扩展自己的视野，那么你只能自食其果。谁知道呢，也许你会发现自己原来是个曲棍球的疯狂粉丝，是个登山爱好者，喜欢听歌剧，或喜欢吃美式法国餐。如果你不去试试，你永远都不会知道。

现在拿出你的日程表，每周至少拿出一个小时来观察各种男人，看看从身边走过的男人，瞄准目标，和他进行眼神交流。打开你的导航仪，准备去一下这些地方……

你居住的城市

会不断约你出去的男人也许就住在你生活的这个城市里。你要了解这座城市，才能认识这些男人。有个地方能让你倾听到城市的脉搏，那就是市中心，也就是城市的主干道——那里有法院、图书馆、邮局、消防队、影剧院、餐厅、银行以及其他一些城市的重要命脉。只要是关乎民生的部门，那么它的总部很可能设立在市中心。

了解这座城市的男人，还有一个办法，就是看报纸或者看看当地餐馆里提供的免费文化娱乐指南。如果你生活在大城市，那么很可能这个城市有自己的月刊杂志，比如《洛杉矶杂志》《D 杂志》（达拉斯）以及《纽约杂志》。这些杂志会告诉你这座城市所提供的最好的东西。打开看看什么才是最"潮"的资讯。

想了解你所在城市的地方，最方便快捷的途径当然是利用因特网。浏览你城市（或全国其他任何一个城市）的官方网页就行了，你可以使用搜索引擎，来查找这些地方的官方网页，在搜索栏输入"芝加哥城"或"圣莫尼卡城"或任何一个你所在的城市，那个城市的官方网页就会出现在屏幕上，你可以点击它。你会看到很多吸引眼球的信息。你能查到城市的现状，比如当前经济水平、房价、买房人和租房人的比例等，还有很多。研究这些有助于你了解人们关注什么，喜欢什么。有时还会有独家消息，告诉你做什么、去哪儿，有什么活动，预期的住房计划、城市新闻、慈善团体、社区服务、免费课程、有趣的新闻等等，还有其他很多内容。无论城市有多大，是只有几千人还是有几百万人，你都能知道这个城市的总体信息，从而知道这个城市里男人的总体情况。你会知道他们是谁，他们关心什么，他们为什么住那儿，有哪些活动，到哪儿能找到他们，还有他们收入多少——这一切只需要你按一下鼠标就行了。

流行餐厅

另外一个能找到"热闹场所"的方法就是去口碑网，那里会提供顾客们对城市里流行餐厅的评价及其价格区间。

你可以和好朋友一起去，或大胆一些自己去（如果自己去的话，可以带本书或工作项目图当作道具）。如果你没钱了，或者你是个"穷学生"，那么把这笔钱首先算进你的支出预算里，并开始节衣缩食。你的恋爱生活值得你这样付出。你不需要点很多菜，只需要消费一杯冰茶或点一些开胃菜和水。你去那的目的是看人，让别人看见，抓住机会调情，也许，你还能在合适的时间合适的地点找到新的约会对象。

他的工作场所

每年，《好莱坞报道》都会颁布一年一度的娱乐圈最有影响力 100 人的名单。在这份报告中，我们都会发现有十名后起之秀，他们极有可能下一年就能上榜。有一年，在这十个人中有三位英俊的男士吸引了我的目光。他们都是制作人或主管，巧的是，我发现如果他们能认识我的一些客户，这对他们的事业会很有帮助。所以我安排了与他们的"初次见面"，目的是来推荐我的客户。每次见面，我都穿着稳重的职业套裙，这让我看上去聪明、自信、又不失女人味。因为之前做过功课，所以我有备而来，告诉他们我的客户是最适合他们公司的人。当我走进他们的办公室，我就已经接近他们了。但我并不是用一种"我来了，约我出去吧"的夸张方式，相反，我走到主管面前，伸出手，与他热情握手的同时我看着他的双眼，面带微笑说："很高兴终于见到你了"。

在我稳稳地坐着的时候，我环顾四周，尽可能去找一切有关他喜好的线索，以及可说的话题。闲谈聊天对于制造融洽的气氛非常重要。我首先要说的话当然是关于他最近得到的褒奖。

"恭喜你，我对你印象非常深刻，你很快就要在好莱坞大放光彩了，感觉如何？"

我还注意到他挂在墙上的东西，有的是体育用品，有的是一张重要的照片或其他的奖励。最后我的话题就会转到这些方面。在三位主管中，其中有一人在墙上挂着一些他和名人打网球的照片。我对他说："我猜你是个网球高手吧，我虽然网球打得不算最好，但我有一年赢得了假期最佳女子网球手的称号，或许我们可以切磋一下呢。"

之后，我不再继续和他调情，而是转入正题——说动他们雇佣我的客户。与这三位帅哥的三次会面结束的时候，我都会再次与他们握手，同时真诚地（不是勾引他）直视他们的眼睛："很高兴见到你，如果你想更多地了解我的客户或有任何其他事要问我，请打电话给我。"

其中有两位在当天就打电话给我。一位约我早上去打网球，之后我和他成了好朋友和生意伙伴。另一位约我出去吃饭，之后很快他又第二次约我。我的调情成功了！

在你的工作圈子里，你有什么有效的办法能遇见迷人的单身男士吗？我的意思是，护士能够接近医生，律师、法院的书记官和文书能够认识一些律师、法官和地方法院的检察官等。如果你喜欢某一种职业的人，你也许可以在那个职业领域找一份工作，这样你就有机会遇见同行的男士了！

和同行的人约会，你们立刻就有共同语言。你们能说到一块儿去。你是他世界里的自己人。如果你想和音乐界的人约会，就到音乐界来工作；如果你想和医生约会，可以到医药领域工作；如果你喜欢飞行员，到航空公司工作；如果你喜欢作家，就到出版业或新闻业工作。想认识服装设计师？到时尚圈来工作吧。我们说的是如何接触到目标。

"得了吧，"你会说，"工作时候约会？你开玩笑的吧？我可不想丢了工作。"我知道你一定听说过禁止办公室恋情以及不准和客户谈恋爱的警告。这样的恋爱会扰乱公私界限？当然会，很多人都经历过。那么在你行动之前是否应该仔细考虑一下后果呢？绝对需要。

但是你一天中大部分时间都在工作，完全禁止办公室约会也是不实际的。如果相比约会，你更不愿丢掉你的工作，那么你就不能太天真，或者太粗心。

如果你做得过火，把感情和工作混淆起来，那也不能保证你的这份感情能长久。要根据情况处理自己的感情。如果爱情消失了，而工作关系还在，希望你能处理得好。如果你跟同事兼男友痛苦地分手了，这还影响到了办公室里其他人，导致必须开除一人才能使办公室恢复正常，那么很可能是你的前男友留下，而你走人。所以，在你一头扎进去之前，确定他是否值得你这么做。

说了那么多，我曾经约会过的人包括我同事的客户，还有一些是我自己的客户（制作人、主管、演员），即使恋情结束了，我还是能够继续我们的工作关系。不过有一次我确实很伤心，那次我把自己的男朋友签约成了我的客户，我们起初非常甜蜜，但是最后还是分手了。我不能像他抛弃我这个女朋友一样抛弃他这个客户。他有合同在身，即使他想结束恋情，也还是希望我继续做他的经纪人。不妙，也不好玩，但是我惹祸上身，就得自食其果。

体育场

大多数男人都喜欢运动，不是所有，但绝大多数都是。如果你不介意自己和体育迷约会，你就有很多男人和很多运动可选。你可以把目光放在运动员、粉丝、教练、主办人或赞助人身上。他们都在体育场里，为比赛激动不已。但我必须要提前提醒你，只要一有体育赛事，全国的男人都一心扑在比赛上，眼里根本看不见女人。我起初不知道，但最终还是慢慢明白了。

我和女朋友去看过一些体育比赛，之后我们发现，在比赛的时候，每次我们想和男人聊天（不管是不是聊他们），他们都根本不理会。有一次我的老板不能去看道奇棒球队的比赛了，所以把他的包厢座位票给了我。我就得到了两张免费门票，那是很棒的位置，离一垒很近！后来我们还去看了洛杉矶快船队的篮球赛，洛杉矶国王队的曲棍球赛等等。只有在排队买小吃的时候，男人才会注意到我们。但是一旦他们买完了，又立刻回到座位上去了。

有时候我们碰巧坐在一个帅哥旁边，我们很清晰地感受到他传递过来的信息：现在不要和我聊天，中场休息时再说。

哦，在一场重要的比赛中，如果身边坐着一个什么都不懂的笨蛋美女，这对男人来说可不是什么好事。是的，这个我也试过，我倒不是故意这么做，而是我真的不懂比赛规则，但是当男人们全神贯注地看比赛时，他们根本不愿意去费神对我解释这些。

重大的体育赛事会把男性的竞争性激发出来。看看男人是挺好的，但是他们却不会理你。不管怎么说，还是去看看吧。体育比赛是个了解男人行为（不管是场内还是场外）的好地方，同时也是一个安全的场所，任由你施展新学来的调情手段。你看，即使你在看比赛的时候挑逗男人没有成功，往往可以理解为男人们太专注于比赛了而根本没有注意到你，他如果没有注意，那你也就不会出丑了。你可以练习调情的技术，如果他注意到了，那很好。即使他没有注意到，那也是因为他心思不在这儿，没有问题。

如果你真的很喜欢看比赛并且了解比赛规则，比赛就会变得完全不同。你可以不受约束，想怎么喊就怎么喊，想多疯狂就多疯狂。如果你真的喜欢，那就做一个球迷。男人很喜欢女人为比赛而激动，因为很少能找到喜欢体育比赛的女性。嘿，如果球队赢了，并且男人心情很好的话，他也许会向你要电话号码。记住，不懂比赛的美女，不要去；疯狂的球迷，你很受欢迎。

这里有一些去观看大型赛事的好处：

1. 比赛场合有很多机会你能看别人，同时被别人看。坐哪儿并不重要，即使你坐在很远的角落，你也可以四处走动，或在小卖部的时候被大家看见。

2. 可以趁着看比赛的时候观察男人。

3. 看比赛能令你充实迷人。在看比赛之前先研究一下比赛规则是个不错的主意，如果聊天，你也能说得头头是道。潜在的约会对象会对你留下深刻的印象。

4. 你会发现自己真正喜欢什么运动，哪些项目你能够忍受，哪些你压根不想看。当你结婚后，你就知道在你讨厌的比赛赛季开始后，你可以计划一些"女友之夜"，和女朋友们呆在一起，那样你们夫妻还是很和睦。我认为，让他放弃自己最喜欢的比赛而选择你，这也是不公平的——你看，我连你的将来也考虑到了。

5. 不管在比赛期间你有没有交换电话号码，至少，在这个场地上，你有大把的机会来练习调情的功夫，所以你可以尽情地练习这项重要的技巧。

会员俱乐部

会员俱乐部所举办的比赛往往比较温和。其中高尔夫和网球是两种最主要的运动，当然还有其他一些运动。如果你预算充足，你可以缴纳会员费，在你喜欢的社区周围加入一个俱乐部，开始学习这些运动项目。你肯定很快就能在高尔夫球课、网球课上或在餐厅里认识很多男人。如果你支付不起这笔会员费，那么就加入周边的慈善团体，为他们下一个节日或者慈善募捐当志愿者。这就为你打开了一扇门，使你能够接触到社区的名人、运动员、上流社会和社区领导人。如果你参加任何一项运动，最好提前了解一些礼仪规范，以免在不合时宜的时候被别人听到你大声喧哗——尤其是当某人正准备挥杆或发球的时候。

我内心里对高尔夫球手和网球手有一种崇拜。因为我喜欢那种很传统的英俊的面孔，喜欢机敏、专注的男人。有一次我和女朋友听说全美高尔夫球赛要在我们城市举办，我们一想到能看到高贵、英俊的球手打完 18 洞就非常激动，所以我们一听说有这个比赛就立刻冲出去买了票，都没有事先打听一下。而令我们无比懊恼的是，那天上午当我们扮成"魅力女神"，身着漂亮的高尔夫球装来到比赛场上时，我们发现我们买的票居然是女子高尔夫球赛。谁会知道 LPGA（女子职业棒球联盟）的 L 指的是女子（ladies）？

如果你想体验一下富人的运动，或者想看见来访的别国王室成员，或许你可以去看看长曲棍球比赛或者马球比赛，这两项被认为是上流社会的比赛。你也许会遇见来访的皇室成员或达官贵人，某巨型企业集团的 CEO，或是一些纨绔子弟。无论你遇见谁，你和你的朋友都会留下难忘的回忆的。

兴趣班

猎男导航仪要输入的另一个目的地就是你最喜欢的兴趣班。加入一个协会或兴趣班，与他人分享你的一个爱好或激情，如政治、慈善活动、商会等。你工作之余都喜欢干些什么？查一下这项活动在当地有哪些机构。你下一个约会对象有可能也在那里哦。你喜欢动物吗？还是徒步、滑雪或网球？你是否喜欢骑车、爬山、游泳、跳舞、集邮、骑摩托车、军事、政治或慈善事业？每一个爱好都会有一个组织。

文化艺术场所

如果你喜欢艺术，你很有可能在参加活动时发现他，比如在博物馆、纪念馆、影剧院或歌剧院里。当你去参加其中任何一项活动时，通常你都会穿戴整齐并且看上去优雅而稳重。在这些地方，你能尽情运用你努力学来的所有技巧，展示你的优雅、迷人、自信的风采。我曾去过博物馆，我很喜欢那里，即使周围没有男人也一样。生活中增添一些文化气息总是好的。我去看过两场歌剧，人们也会喝彩叫好，但都是轻轻地鼓掌，而不像摇滚音乐会那样声嘶力竭地喊叫。

商品展览会

几乎所有的行业都有商品展览，因为很多男性都对交通运输很感兴趣，那么有关运输的展览会是个遇见好男人的绝妙场所。你可以试试去汽车展、飞机展、船舶展或摩托车展。

我个人一直挺喜欢飞行员（幸运的是，我的先生恰巧也有飞行员执照）。所以我告诉你们两个小诀窍：第一，如果你想遇见各种飞机的飞行员，无论是驾驶军用飞机还是民航客机，喷气式飞机还是螺旋桨式飞机，驾驶包机还是私人飞机——你必须给自己准备一个假期，来参观这些展览。相信我，到时候你得提前几个月就预订酒店，因为每年来参观的人数比看橄榄球赛的人还要多得多！第二，很多飞行员（客机私人飞机的都有）都是空军出身，所以他们的圈子里有很多朋友，虽然不开飞机，也同样是身穿制服的。所以如果你喜欢穿制服的男人，不妨找个飞行员朋友帮你介绍。

去酒吧，不如去咖啡馆

你也许注意到了，我没有建议你去酒吧找单身男人。我并不提倡去那些地方找。但显然每天都有人去。我的意思是，一个优质的男人会去酒吧里吃饭、喝酒吗？或在排队等餐厅空位的时候去酒吧？当然有可能。但他那晚到酒吧并不是为了去找一个终身伴侣，哦，当然，他可能想找个人消遣一下，让自己从烦恼中解脱一会儿。但他很可能并没有打算在这里找个好女人敞开心扉地畅谈。所以不要去酒吧，也许，你可以到当地的咖啡馆去，比如星巴克或其他咖啡厅。从我个人角度看，我认为去酒吧钓男人只能说明你缺乏创意。

与不同类型的男人约会

也许你一直对某一种男人心仪不已，或者也许你已陷入一种套路，只会和同样类型的男人一遍一遍地约会，现在你需要一些变化。现在我来告诉你一些方法，让你能遇见不同类型的男人。等你看完了所有这些建议，即使你还没有找到令你心动的男人，这些也能激发你的创意，使你能够自己制订出计划。下面我来给你出些主意，让你的灵感源源不断。

制服男

有一次感恩节的早上，当我正着开车从西好莱坞去位于加登格罗夫我父母家的时候，我的偏头痛发作了，剧痛无比，我无能为力，只有集中全部注意力看前方的路，过了 5 分钟，我注意到后面有辆警车在跟着我，同时警灯在闪。很明显，我超过了每小时 45 英里的速度限制，交警很生气。

"驾照和保险证！"他吼道。

我的头很痛，在我递出驾驶证的时候，我从窗户向他望去，当我看着他，我突然心跳加速。哇！他是我见过最好看的人。我试着对他抛媚眼，但他当时正一个劲地指责我，根本没有注意到。"你知不知道我开着车灯追了你 5 分钟？你怎么会看不到？你到底在想什么？"

我很难为情地说了对不起，然后拿了我的罚单。但是我要告诉你，整个感恩节我都无法把这个警察从我脑中抹去。

就算被罚了 300 美金，我当时还是面带笑容。周一的时候，我不仅去交了罚款，还做了件很冲动的事，这一点也不像我——我写了一张纸条寄到辖区的警局，收件人写的是他的警察编号。

亲爱的警官：

　　在感恩节这天给我开罚单，你一定感到很不好受，我想我可以给你一个机会，以此弥补你对我的伤害……如果你是单身的话，我可以接受你请我吃晚饭。

我没有对别人说。我想就算他没有打电话来，也没人知道这件事，我不会很难堪。而如果他打来了，我的女友们也只会认为我做了件极度疯狂的事。至少很长一段时间里，我们能有有趣的事情可聊了！

他打来了，我们约好在下个礼拜一起吃午餐。

我把这个秘密告诉了我的朋友，她们都乐不可支，取笑我连他真正长什么样都不知道，甚至头发的颜色也不知道！你看，他当时穿着开车时的警服装备——大皮靴、头盔、手套、深色墨镜，总之，我所能看见的就是一张嘴和轮廓分明的下巴。我到底迷上他哪点了？那时我对他有浓厚的兴趣，什么也不能阻止我去赴宴。

做了最坏的打算，我走进那家墨西哥餐厅去见那位警官。

在最里面坐着的，是我所见过的最有魅力的男人——这真是一个巨大的惊喜。我们互相吸引，接下来我们闪电式地恋爱，在一起相处了十天，我们分手之后他回到他前女友的身边——他们在一起两年了，我们相遇前一周才刚分手。

所以，我曾经和警察、消防员、海军飞行员都有过交往——都是和制服有关的人。如果你不用担心交通罚单，也没有从失火的房子里被救出来，你又该怎样才能遇到这些保护者呢？那你就要有创意，没错，有些老套的警察会去甜饼店吃饭，但甜品店绝不是他们当班时常去的唯一地方。如果你喜欢体格强健的警察，而且你也住在海边，说不定你会看到几个骑自行车巡逻的警察。至于骑马的警察，你也许能在城市的中央公园之类的地方看到。

我还有一个独门秘诀：去射击场练习射击。你在那会看见各种各样的执法人员——从警察到反恐特警，从保镖到侦探——所有人都会去那练习枪法。你也会发现有的企业家也会去那儿学习自我保护。但是我必须提醒你，你也可能会碰见一些很吓人的人，他们对枪械非常着迷（可能就是你在新闻里常看到的，特警扫荡的对象）。

如果你梦想着能有一个穿制服的男人来重新点亮你的心，那么消防员或医务人员是个不错的选择。消防员通常都有有趣的爱好，很多休闲的生活方式和第二职业，因为他们有很多空余时间。他们工作周通常是这样安排的：上 24 小时班，休息 24 小时，上 24 小时班，休息 48 小时，或者类似这样的组合。一个最容易遇见消防员的方法是在消防队旁边的小商店里工作。因为他们都是 24 小时轮班，他们会在刚轮班的时候到店里买一日三餐所需的食物，其中一位消防员会为所有人做饭。当消防员来买东西时，你有很多机会和他成为朋友。我曾经做过小店的收银员，他们的到来常常是我们一周最有意思的事。

给你一条建议，很重要，如果你碰巧遇见一位很帅的制服男，而他正在工作，接下来千万不要打电话到他的工作单位询问这位帅哥是否单身。最近西海岸有一位单身母亲就是这么做的，警察并没有和她开玩笑，而是对她进行了罚款，原因是滥用急救电话服务来相亲。显然，她当初打救援电话也不是存心捣乱，而是因为判断失误而造成了巨大的损失，同时也给她带来巨大的尴尬——全国媒体纷纷报道这件事，并把这则通话播放给了全国的民众。

西装男

你是否正在寻找"西装男"？我是说，你是否喜欢一个上班时穿西装打领带的男人？他可能是个律师、推销员、经理、业务员、银行家、CEO、电脑专家等等。如果是，想想看你那片区域哪里生意人最多。在城市中心附近开车转转，观察一下大的写字楼的名称是什么。这样你就对商务中心有个概念。

我和女友熟知在洛杉矶做生意人的作息时间。你起码要知道他们正常的工作时间，因为在金融界，作息时间基本上是固定的。早早上班，早早下班，晚上空闲。午饭通常都是在谈生意，要么在附近的餐馆，要么在公园或者是带无线网的舒适休闲区——比如星巴克或商铺的庭院。你能在任何城市商业中心的写字楼附近找到一些庭院或餐饮购物中心。你的办公室离商业中心近吗？你能否安排每周在那附近吃一次午饭？

如果你的目光集中在金融巨子身上，那就在高档消费区或高楼林立的商业区找一间咖啡屋。在这类咖啡屋或小咖啡馆吃早饭或晚饭。去这类高档场所的最好时间是周末，因为那时钻石王老五们都在享受"休闲时光"。

沙滩男

在南加州有很多沙滩社区，我就是在那里长大，并约会了好几年。沙滩吸引来各种各样的单身男人——有整天躺在沙滩上的人，有企业家、奥运会排球运动员、冲浪冠军、健身教练、霹雳舞者，有溜旱冰的人、骑自行车的人、救生员和警察。我和闺密们做了一些研究，查出我们所喜欢的单身汉都在哪里的沙滩上（在有些海滩上，人们大多在冲浪，而不是在上网，这通常意味着住在这里的人不是事业有成型的，所以，这不符合我们的口味，我们就离开这片沙滩）。一旦我们找到喜欢的海滩，我们会去溜冰，会沿着木头小道或码头散步，也常常会去海滨餐厅吃饭。

第三章
猎男导航

名流男

你如何才能遇见名人呢，比如演员、歌星和运动员？当我和女友们想看看单身的明星时，我们会去他们常去的一些场所（餐馆、熟食店、高档消费区和健身俱乐部），在马里布、太平洋帕里塞得和贝弗利山庄都有。你也许并不住在明星云集的好莱坞或纽约，你就无法去那些地方了。有时候电影制作商会在全国举办巡回首映式，如果你发现你周围会有首映式，那里就是遇见明星的好场所。你可以通过当地报纸、电视频道、或广播电台来买入场券（电台有时候会有节目免费赢得入场券）。也有很多大的电影首映式是慈善团体赞助的。你可以打电话给电影制片厂，询问他们即将举办的（你想去买票看的）首映式是由哪个慈善团体赞助的。

如果你想遇到音乐人，你需要知道他什么时间在城里，并看看你能否去到后场。问问周围人，也许你身边的某个人能联系到这个音乐人在当地的赞助商，或者当地的音乐台也许有办法让你进去。

我要来说清楚，你千万不要变成一个歌迷或追星族！能和名流恋爱约会的一个秘诀就是不要像那些歌迷一样。实际上，你自己也不想仅仅被当作歌迷。你必须表现得很平等，你要自信。如果他觉得你只是个疯狂的粉丝，你就别想约会了。

有一次我和几个朋友去纳什维尔参加一个颁奖典礼，我的一个女朋友想认识她最喜欢的乐队里的一位歌手，我们另一个朋友觉得他们俩很般配，于是就邀请我们参加庆功宴。我这个女朋友优雅、有品位，是这个歌手喜欢的类型，而且他也知道那晚有人会介绍姑娘给他认识。

然而见面并不成功。我们到了以后，我这个朋友，平时见惯了大明星，人本来也很沉着，可是那晚她太激动了，因为她是这个歌手的超级粉丝。她一直在不停地说他的音乐，说她真不敢相信自己就站在偶像身旁。结果那个歌手没有约她出去。

我自己也不是每次都成功，和名人见面时我也搞砸过。我有一次和 Billy Crystal 见面，为了给他留下印象，我说了他著名的歌词，"你看上去好极了"。听到这个，他转了转眼睛说："哦，别人从来没有对我说过这个。"好吧，有时我们和自己仰慕的人在一起，就是无法正常对话，机会就这样丢掉了。你要尽量做到平常的样子，他们也是平常人，他们渴望平凡的时刻，希望别人用平常的眼神看他们。希望那个人就是你。

想和名人约会，最简单的方法是在他的领域里找个工作，变成他的同行，变成自己人，并出现在同一个时间同一个地方。人们喜欢接近和自己相像的人，同时也是和自己有关的人——就像一个共同的纽带。如果你喜欢一个歌手，那就在音乐界工作（去电台，灌录唱片，安排现场演唱会，做策划宣传等）。喜欢运动员？那就在体育界工作，为球队干活或为媒体干活。比如，如果你想和达拉斯牛仔队的棒球运动员约会，那就为这个机构工作。想和演员约会？那就去制作公司、经纪公司、摄影棚、娱乐法律事务所、公关公司或广播网等地方工作。明白了吧？

　　本章所给出的建议都是为了增加你和潜在对象见面的机会，你可以经常去试试。现在就下决心每周尝试一种——每周尝试一个新的方法来扩大你遇见约会对象的几率——可以去单身俱乐部，追求自己的兴趣爱好，去一家新的餐馆，或看一场体育比赛。如果你遇到合适的人，施展你的本事，对他放电。

　　我们在第一章提到过做一个"想要"的画报，你寻找的单身优质男人——是能够符合你"想要"的画报上条件的人。常常看看画报，如果你愿意可以经常修改它，把这些画报里的内容印在脑子里——你的潜在对象们就会不断地从身边经过——希望他们很快能停在你面前。

　　优秀的男人遍地都是，你必须要睁大双眼观察周围都有什么（或者说有"谁"）。我承认这需要花时间、精力，还需要你有自信心，但是，嘿，你已经发现自己是个迷人的女人了，所以你具备这些能力！现在你能够扫视整个房间，看看哪些人的手指上没戴戒指，然后看向他的眼睛，和他眼神接触。

约会"胜"经

遇见男人的地方

- 主干道或市中心
- 流行或热门的餐厅
- 当地的咖啡馆
- 你做礼拜的地方
- 你工作的地方
- 体育赛场
- 健身房
- 遛狗时
- 家族企业或商店
- 工具店或电脑商城
- 运动用品店
- 体育竞技场
- 会员俱乐部
- 城市公园和徒步旅行的路线
- 募捐活动、慈善节日
- 兴趣小组
- 艺术画廊
- 博物馆

◆　音乐会

◆　贸易展，如车展和飞机展

◆　大学、学院、专业教育培训班

遇见各种类型的男人

◆　制服男

◆　西装男

◆　沙滩男

◆　明星男

设置你的导航仪

1. 好了，一旦你开始注意某物，我们来看看它究竟会多么频繁地出现在你身边。把你最喜欢的车写下来，包括车的颜色和型号，下一次你外出的时候，我希望你注意一下你究竟看到了多少辆这款车。然后，当你拿出这本日记本的时候，把你看到的汽车数量写下来。你得出什么结论？

2. 把你和之前三个约会对象相遇的地点写下来。你们是在某个特别的地方相遇的吗？你们是否在不同的地方都相遇过？写出你的答案。

3. 去一个你曾去过的地方，试试运用你新学的技巧。瞄准下一个约会目标，看着他的眼睛，记录下这次行动进展如何，你感觉如何。

4. 把导航仪设置更远一些，逐渐扩大你的猎男范围。首先从你居住的城市开始。上网查询一下城市的网页，登陆谷歌搜索一下你要找的城市和州，然后查阅城市的所有信息，包括当地男性的情况，旅游景点，总人口数，饭店，收入水平，即将开展的活动等。

5. 你是否住在湖畔或公园附近？去一个热闹的自然景区，欣赏一下美景。你发现了什么？把它们写下来。

6. 去看一场体育比赛，或加入附近的会员俱乐部。你观察这里的男性和其他的地方的有什么不同吗？这些场所的男人有什么相同点？他们又有哪些地方不同？如果你对他们放电，能否很轻易地把他们的注意力从比赛中转移到你身上？还是他们只关注比赛？

7. 你有哪些兴趣爱好？写出至少五个你喜欢的活动。想想看这些活动有没有专门的兴趣班或协会？如果有，去其中一个协会看看。你可以上网查询一下这些活动，也可以在报纸上找找，或者去图书馆或娱乐中心看看。把进展记录下来。你喜欢这个协会吗？那里有没有帅哥？你还会再去吗？

8. 还记得我们讨论的各种各样的男人吗？从那些列表里（制服男、西装男、沙滩男或明星男）选出一种类型的男人，猜测一下他平时会在哪些地方出现。然后尝试在同一个时间在同一个地点出现。把你的发现记在本子上。

9. 把日程表拿出来，每周至少拿出一个小时，启动你的猎男导航仪，开始猎男行动。你不必每次都自己去，你可以和一些要好的女朋友一块行动，这会更有意思。你投入的时间越多，你就越能注意到身边的男士，你的调情水平也会越来越高。把你去过哪些地方，发生什么事都记录下来。

第四章

亲戚朋友来帮忙

欢迎来到相亲说媒的世界

让 他 第 二 次 再 约 你

THE AUTOMATIC 2nd DATE

4

　　《发射失败》是一部很可爱的喜剧片，凯西·贝茨和特里·布莱德肖扮演的父母，急于让儿子崔普（马修·麦康纳饰）自立门户，结婚生子。他们四处寻找，终于找到了聪明活泼的莎拉·杰茜卡·帕克，他们雇佣这位漂亮姑娘来吸引自己的儿子，让他坠入情网，然后离开父母的家，从此建立自己幸福的小家。我得说，让家人和朋友为你租个女孩来谈恋爱，这有点不靠谱；但是让他们为你相亲或说媒却是个不错的主意。你不知道吧——他们可能手中有很多资源哦。

　　嘿，你已经设置好了猎男导航仪，你也能够熟练地环视房间，注视他的眼睛，放电的技巧也越来越高。那为什么不让你的朋友帮你一起寻找合适的男人呢？

　　实际上，让朋友们帮忙相亲，这是我最喜欢、最成功的找对象的办法。通过朋友，你能遇到很多很棒的男人。相亲或说媒似乎让你看起来不那么有魅力，然而当你试了之后，你会很惊讶原来身边有这么多人愿意为你的终身大事操心。本章涵盖了很多方式，从相亲见面到朋友们随意的介绍，从两对对象约会到三对对象一起约会，从速配到网络约会等，无所不有，甚至还有为订婚做准备的小建议。

❀ PART 1
朋友的介绍是结识优秀男士的通行证

当我们鼓起勇气对某人表示好感时，我们都会有些敏感和恐慌。让第三人把你介绍给潜在的约会对象是个很好的办法，不用害怕遭到拒绝。这位男士可以更进一步，与你恋爱；也可以很礼貌地离开，不会冒冒失失，粗鲁无礼。最让人欣慰的是，即使他不想约你出去，你也不会感到自己被拒绝，因为这是间接的，并不是当面拒绝。这也许会令你退缩，但绝不会让你崩溃。

列一张清单，写出身边有哪些人对你好，并知道你的品位。哪些人会认识有趣的单身男士？你可以问问你的家人、朋友、同事、同学、教会的朋友、邻居等等。曾经为我说媒的人包括我哥哥、婶婶、表兄、一些客户、同学、我的理发师、前男友、我老板及他的太太，还有很多朋友。除非你开口问，否则你永远不会知道谁会认识你的潜在对象。

你的社交圈里谁会认识一些黄金单身汉？谁会经常和俊男靓女们在一起？谁的职业或工作性质能使他接触到单身男

士？谁比较喜欢操心别人的事？如果你不开口问，就永远不知道谁会愿意帮你！帮忙的未必是你很亲近的朋友，我有一个朋友，住在俄克拉荷马州，她和她丈夫是通过他们共同的牙医介绍认识的，因为这位牙医在一周里同时见过他们两人并觉得他们俩很般配。一年之内他们就结婚了，又过了一年，我这位女朋友在37岁时生了第一个宝宝！

你可以尝试让别人掺和一下你的生活。你可以轻松愉快地看待这件事。也许很多介绍的对象你都不喜欢，但也有可能你会遇到一个好男人，享受最棒的第二次约会。这完全看你自己。

我可以向你保证，通过别人的帮忙，你一定能遇到好男人（如果没有别人介绍，你很可能会错过他）。我自己当时下决心一定要找到另一半，所以我不怕让全世界都知道我是单身并没有男朋友，这对我来说是明智之举。

有些女孩子告诉我，当她们让朋友帮忙时，她们会感到自己很窝囊，但是，这样做能解决你的问题。当然，如果是朋友安排的见面，那么和你见面的男人就会知道你想找一个对象；但最终还是要男人来开口约女士，所以主动权还是在他手上。你依然只是一个暗送秋波的人（记住，魅力女神会暗送秋波——让他来追你！）。你并没有开口约他出去，你只是让他知道你对他有好感罢了，两者是有区别的。

此时此刻，这个世界上有大把的单身男士，只是你接触不到他们……目前还没有。所以，很可能优质的男人正等着你，你要相信这种可能性。现在打开你的通讯录，请别人来为你的私生活帮帮忙。对于请别人安排见面，我有三条无法反驳的理由。

第一，朋友的介绍就像是通行证，让你接触到平时难以遇到的男人。

第二，他人安排不像你自己追求那么直接，所以即使那个男人没有约你出去，也不至于太痛苦。

第三，男人还是占据所谓的主动地位，他可以选择给你打电话或不给你打，因此，你并没有打破追求者和被追求者之间的天平。

❀ PART 2
将自己的择偶标准轻松地说出口

一旦你决定求助他人了，请把第一章所提到的那张"想要"的画报拿出来。把上面所有的优秀品质精简一下，把你对男士的要求浓缩成一句容易记住的"标语"。尤其当你紧张的时候，常常练习轻松愉快地说出这句话，直到你能脱口而出。我当时的"标语"是："嘿，我在找4S男人——单身single、性感sexy、成功successful、有钱saved，你那有合适的人选吗？"他们愿意帮忙了，我再详细解释我想要的条件。

下定决心，让身边的人掺和一下你的生活。当你觉得时机成熟了，就让别人来"管管闲事"。你可以说："现在要找一个又帅又单身的男人真是不容易啊，你最近有没有见到这样的人啊？"或者"如果有谁想找个像我这样的女孩，就把我的号码给他。"你还可以说"嘿，一个信基督教的女孩子应该到哪里去找如意郎君呢？我想我应该找人帮帮忙。"

你明白我的意思了吧？在让大家都知道你单身并且没有男朋友时，我建议你尽量表现得轻松或若无其事。如果你用一种开玩笑的方式问别人，你就会惊讶地发现有多少人热衷于管你的闲事，帮你安排约会。尽管如此，你还是要尽量用轻松的口吻，即使别人没有帮你，也不要让他感到有任何愧疚。没人有义务帮你，所以如果有人对牵红线不感兴趣，那就别强迫他。说媒这件事应该让大家——你，你潜在的对象，以及你的朋友——都感到开心。

另外，与你现有的朋友保持友谊，要比得到一个八字没一撇的爱情重要得多。如果你的朋友关心你，那他们选择不干涉你的恋爱生活，也许对你来说是最好的。如果你的朋友不怎么关心你，那他也不会把最好的男人介绍给你。所以，不要为这些事烦恼。无论如何，即使碰钉子，也不要放弃！继续问下一个人，要问很多人才行！我保证，如果你坚持问，一定会有人答应帮你的。

❋ PART 3
欢迎加入相亲派对

说媒相亲有很多种——只要敞开心扉，敢于冒险，接下来就等着机会来敲门吧。

随意的介绍

如果刚开始你觉得一个非常正式的说媒有点太隆重，你可以试试在一群人中间让朋友为你随意地介绍，这就没什么压力了。一个朋友邀请你和潜在的对象同时出席某个活动，他可以介绍一群人相互认识，其中就有一个和你非常般配的男人。如果你们擦出火花，就可以开展一段恋情。如果没有，也不要郁闷；也许除了你和媒人之外，没有人会注意到这事。曾经有人就这样介绍我认识一位奥斯卡获奖演员。有一天我们在派拉蒙电影公司录制完电影后，我的一位客户邀请我和一帮人出去，包括这位演员。她特意安排我们俩坐在一起，我们一见如故，一拍即合。由于我们是在一群人中间被介绍认识的，所以即使我们不投缘，旁边也有很多其他人可以聊天。

这种随意的介绍没有那么正式，所以也不会有压力。但是成功率还是挺高的。通过这种方式介绍认识的明星有黛米·摩尔和她老公艾希顿·库奇，以及克林特·布莱克和他结婚多年的妻子莉萨·哈特曼。

相亲

你可能会感到很惊讶，有的人介绍的对象非常棒，有的人介绍的则完全是乱配。这没有什么理由，有的人就是比别人更擅长牵红线。不是所有的相亲都会很顺利，但你还是不能气馁，要坚持下去。你的心态应该是——今晚我要去见一个新朋友，也可以了解生活中一些新的东西。也许你能交到一个新朋友，遇见你心仪的对象，或者即使你见的是一生中最糟糕的对象，你最终也可一笑置之。即使当天你很想哭，但以后想起来还是会很好笑的。就像你们猜的那样，我当初也经历过各种各样的相亲，有的很恐怖，有的很完美。我承认多数相亲是比较令人失望的，但我始终没有退缩，因为我总抱有一丝希望，下一个对象就是我的真命天子！

有一个礼拜，我和我的室友经历了过山车式的连续约会，这让我们终身难忘。那周我见的第四个约会对象是一个棱角分明、长相英俊的男演员，但那天的约会不欢而散，原因是那天吃完我做的饭后，他看到我端上来的饭后甜点是自制的奶酪饼，而不是他所期待的点心。我的室友琳恩是个女演员，她厌倦了自己那些当演员的男朋友，所以那周朋友给他介绍了两次相亲，对象都不是娱乐圈的人，那天晚上是她的第一个相亲。对象是个大公司的总裁，开着法拉利车，但她最后发现这个人是个彻头彻尾的讨厌鬼，还不如她原来的演员男友呢。于是她回家的时候刚好看到这一幕——我的对象气冲冲地走了，而我则在客厅里流泪。

那天直到凌晨我们都没睡，我俩都一致认为那些长得好看的男人根本没什么了不起。她非常贴心地打扫整个房子，包括每个锅碗瓢勺，还收拾剩饭剩菜，而我只是坐在边上看。我欠她一个大人情。

第二天，琳恩一整天都在想办法联络给她安排第二个相亲的朋友，第二个对象很可能又是一个成功、英俊的生意人。她可不想再重复前一晚的约会，等她的约会对象快到的时候，琳恩求我说，"维多利亚，你不是说欠我一个人情吗，而且你又不介意去相亲，我们俩都是金发，你能不能今晚代替我？等会那个男人来了，你就说你是琳恩，除非是天塌下来我改变主意了。"

挺好玩的。于是我迅速换上出门的装扮并收拾好房间。等这位神秘嘉宾开车到我们楼下后，我和琳恩都走到外面假装倒垃圾。当他把宝马 M6 车停下后，这位潇洒出众的男人听到两个女孩同时热情地招呼："嗨，乔纳森，我是琳恩。"毫无疑问，这件事让我们笑了好几年。那晚真正的琳恩去约会了，现在她和乔纳森幸福美满的婚姻已经持续十几年了。

四人约会

这种四个人的约会可以有很多方式。在相亲时，你可以选择一对已婚夫妇或恋爱很久的情侣一起来，也可以邀请另一对同样是相亲的情侣（前提是四人中至少有两人是认识的，比如两个女孩或两个男孩相互认识）。相比两个人的相亲，有人更喜欢这种四人约会，因为当你俩无话可说的时候，另一对能帮你们化解这种尴尬。有时候找另外一对一起来会很有趣，因为那一对男女会让约会更热闹。多了两个人可以交流，你会轻松一些，因为你不必为了显得风趣幽默而时刻绞尽脑汁。如果中间有人要离席——可能是去停车，去洗手间，或去买票——你也不会孤零零地坐着。如果另外一对中有你的朋友，你过后也可以问问你朋友感觉如何。而且，如果你的对象不幸是个闷葫芦，你还可以与其他人聊天。我有过很多次这种四人约会，有些约会对象挺好，有些不怎么样，不管怎样，我约会时都很开心，因为还有其他人，这能让约会变得生动有趣。

六人约会

六人一起约会，这是一种特殊的、难忘的，同时也是有趣的约会方式。组织安排这种约会的可以是男孩子，也可以是女孩子，或者一男一女。除了你要弄清楚谁付钱之外，这种约会基本上没有什么明显的"规则"。如果是女孩组织的约会，那她们会通知每个人那天晚上是 AA 制，或者由于特殊情况，钱由女孩子们来付。比如说，假设三个女孩发起了一个六人约会，一起去参加某个活动，最好是女孩子们提前买好票，不然的话就会很难看——女孩子难道能对三位男士说"嘿，我们六个人一起去约会吧，我们来安排，你们来付钱"？然而，同样令人难堪的是整个晚上男孩子一分钱都花不了（除非实在没有什么机会让他们掏钱包）。如果那天的约会不需要提前买单，比如一起吃饭，那么你可以只付你自己的那部分，或者这位男士也许非常大度，这顿饭由他买单。

如果你的目标是和其中一位男士继续发展，你就不要在那天晚上结束时让他感到欠你的。如果你想让男人再给你打电话，那就要让他感觉自己是追求者。

我曾经经历过两个完全不同的六人约会，两次都很有趣。第一次组织六人约会，是因为那时我和两个女朋友一直都想介绍自己的同事给彼此认识。单独安排似乎行不通，所以我们中最后有个人说："嘿，我们同时把他们请来，六人一起约会吧。没人会觉得不自在，因为三个男人每人都认识我们其中一个，而且我们三个又都相互认识。"我举手赞成。

克里斯汀、琳达和我，我们每人选择一个男人来安排给小姐妹约会。我被安排和一位气象员约会，我安排克里斯汀和另一位经纪人约会，琳达则被安排给了一个法律记者。很有趣的组合吧？因为是女孩们组织安排的，我们告诉三位男士我们要 AA 制，然后我们一起去圣莫尼卡吃饭，玩桌面足球，还打了台球。我们中间没有产生火花，但我们六人过得非常开心，彼此了解，那晚我们变成了新朋友。

另一个六人约会，算不上真正的陌生人约会，因为约会的三位男士和我在同一个教堂，他们是单身小组的成员。其中一个男人是军队里的，他们在圣巴巴拉有个年度舞会。所以他和两个哥们一起，各自从教堂里邀请一位他们喜欢的姑娘去参加舞会。马克选了我，布莱恩选择了我最好的朋友，布莱特选了劳莉。我们三个都是第一次和他们约会。因为是在城外，所以男士们租了两间旅馆房间，一间给我们三个，另一间他们自己住。那次约会非常好玩，我们去参加的是一个高雅的、西装革履的舞会。三位男士很风趣，很迷人。感觉就像高中时的教会夏令营——改良版的。半夜的时候，三个男人比赛谁敢从一个又冷又小的桥上跳到下面的水里，然后游到海里（你知道，他们是在女孩子面前耍宝）。那时是冬天，加利福尼亚海水的温度一年到头都不暖和。他们三个谁也不愿意在同伴面前退缩，所以他们三个都跳下去了。很傻吧，但那时我们三个都对他们很崇拜。我们几个女孩一晚上没睡，讨论各自的男伴。第二天上午，三位男士带我们去了四季酒店吃了一顿丰盛的早中餐。对于其中一对来说，这个周末过得非常浪漫。他们后来结婚了。

婚礼邂逅

如果你还没有准备好请别人帮你说媒，这里有一个好办法，既让你的朋友帮了忙，又一点也不张扬——在他们的婚礼上邂逅单身男士。如果你某天午后发现自己的邮箱里有一封婚礼请柬，你再也不必感到惊慌了。很久以来，单身熟女们都惧怕听到那些甜蜜的爱情宣言，她们宁愿抱着一桶冰淇淋一个人待着也不愿为好朋友的婚礼送上祝福。现在你大可不必再这样沉溺在自己的小世界里，你可以换一种心态。婚礼不仅仅只有新娘和新郎，它同时也是你邂逅下一个对象的完美场合！

不要带男伴去参加婚礼——当然，除非你已经名花有主了。你要让大家都看到你是单身并且没有男朋友。参加婚礼的人基本上都是双方最亲近的朋友，家庭成员和一些重要的工作伙伴。在婚礼上大家都会遇到一些好久不见的亲戚朋友，但也会遇到一些从未见过的男士，你不认识他们，但新郎或新娘一定认识。

还记得儿时那个曾经令你心动的男孩子吗？他已经长大了，可能也会出现在朋友的婚礼上。所以你要鼓起勇气去参加婚礼。或者，你还会在婚礼上听到你的亲戚们不停地在谈论某个小伙子。所以婚礼为你们的相遇提供了大好的机会，同时丝毫没有相亲的压力。

婚礼是邂逅的最佳时机，理由如下：

1. 婚礼上每个人都会盛装出席，这在现在这个遍地休闲装的时代是很难得的。

2. 每位出席的宾客都会举止文雅并希望度过一段美好的时光。

3. 你看到的神秘男士是谁，应该很容易得知，因为他一定和在场的某人很熟，所以才会被邀请。问问你周围的人就知道了。

4. 和陌生人谈话很容易，只要问一句："你是男方宾
   客还是女方的？"

你可以直接问问新郎或新娘有没有邀请未婚男士，最好在婚礼前就问。如果提前问，也许那时新郎新娘很愿意分享一些浪漫，介绍一两个给你认识。甚至你会被安排坐在一个小帅哥身边。即使没有，那么你作为一个迷人的女人，也知道该如何慢慢地环视房间，然后把目光落在某个令你心跳的男士身上。你可以装作正在寻找某个人，直到你眼光停住，徘徊在某人身上，等着他看见你。别忙着转开，你要先和他相互微笑一下。然后不要急着回到座位上或冲去洗手间，而是要不慌不忙地走，随意地慢慢地踱回去，让他有时间来追上你。

所以，下次看到邮箱里有婚礼邀请函，不要慌张，也别急着去找个男人来当你的护花使者。胆子大一点，找个女伴陪你一起去，或者你自己去，那样就更好了。你下一个对象也许正站在走廊上等着你。

※ PART 4
在虚拟的网络，找到真实的爱情

在我们这个忙碌、苛刻的世界里，建立一段感情变得越来越难了。但爱情是个强大的动力，要求人们要彼此接

触。目前来说，让男女接触有两个方法——速配派对和网络交友。

速配派对

如果你觉得去婚礼还是不够刺激，那么参加速配无疑是把众多女士们推向新的冒险领域。要是速配出现那会儿我还没结婚的话，我一定会马上就去参加。第一次出现速配活动是在1998年，贝弗利山庄的皮特咖啡馆里，同年我就结婚了，所以我已经被踢出局了。放眼全美各大城市甚至全世界，你会发现各种各样的速配活动。它的迷人之处在于一晚上时间你能遇到一堆潜在的对象。

速配的规则是：每位女性参与者都有5～8分钟的时间和一位男性参与者进行一个面对面的迷你约会。约会时间的长短要看组织方以及看有多少人报名参加。每当组织方响起闹铃或敲一下玻璃杯，就表示时间到，你要准备和下一个对象"约会"了。你可能一个对象都看不上，但也有可能所有对象你都满意。你们在现场并不能交换电话号码，这是好事，也是坏事。约会结束后，你把对每个对象的评价递交上去，如果男女双方相互选择彼此，主办方就把他们配成一对。最后你可能一个也没有配成，也可能和很多男士都配成功了；但是只要你人还在那儿，就不会有人公开拒绝你。

如果你很自信，认为自己一定能速配成功，你可以耐心等到第二天来看看自己是否猜对了。尽管这不是个完美的相遇方式，但你不妨尝试一两次。如果你和女朋友一起去参加，那一定会非常令人难忘。无论这次经历是好是坏，将来它一定会成为你有趣的记忆。

速配活动是个绝佳的机遇，能让你练习如何给人留下美好的第一印象，还能让你练习肢体语言、眉目传情，以及所有的互动技巧。光这一点就值得你去买票！如果你很害羞，那么你以后很少还能有机会像那天晚上一样，一次一次地逼迫自己从角落里走出来。如果第一个迷你约会你表现得非常差劲，也还有其他的机会来让你热身，让你进步。

网络交友

OK，OK，现在最流行的方式是利用网络交友。跟速配一样，等我结婚了这种交友方式才出现，所以我并没有亲身体验过通过网络来约会。我觉得我可能没这个胆量来网恋；但是同样，我也不能说从来没有过，因为之前我还给一个给我开罚单的警察写过信呢。

知名婚恋网站有几百万的点击率，不断有人上网寻找结婚对象。而且现在不仅仅是这种婚恋网站火爆，像 MySpace、Facebook，以及其他一些在线交友的网站也遍布全球，吸引了数百万人点击。你会在网上遇到你未来的丈夫吗？会的，你不断听到有这样的事情发生。下面我总结一下这种交友方式的优点和问题。

网上交友的优点

你随时都能接触到网上的异性：你只需坐在电脑面前，点进一个婚恋网站并注册会员，你的交友圈立刻就扩大了。你甚至连家门都不需要出就能面对面地接触到异性。你不必洗澡、梳头、刷牙，然后才能出门找对象，你只要登录你最喜欢的网站就行了！祝你猎艳愉快。

这事很隐秘：你不需要告诉全世界你在找对象，只有你的电脑屏幕知道这个秘密。所以，即使你被拒绝或没人回应你，你也不会感到难堪。我有两个女朋友，她们在一个热门网站上填了很多张问卷，结果很失望，在相当一段时间内没有一个对象符合她们的条件。这两位女士都住在大城市里（一个在洛杉矶，另一个住芝加哥）。尽管她们有些吃惊，自己理想的男人目前在网上还找不到，但这并没有打击到她们的自尊。

你可以很挑剔：丰富的资源让你可以一挑再挑，你可以省掉那些闲聊，并直接列出男士哪些特点你喜欢，哪些不喜欢。有些网站会提供很长的问卷，要求你写出具体的条件，然后剔除那些不符合你要求的或达不到你条件的对象。

它们全天候开放：你能不管白天黑夜，随时注册，这样的话，单身妈妈们再也不需要找保姆带宝宝了，职业女性们也不用等到下班再去为下一个约会而花钱购物了。

这些听起来好极了，不是吗？但这也正是我担心的，因为网络上会出现相似的自我介绍，对方可能是一个诚实、健康、快乐的美男子，也可能是个病态、邪恶、可怜的变态狂。

网上交友的问题

你会碰到讨厌鬼：正如你在网上会碰到真正的优质男人，你同样也会碰到真正的讨厌鬼，因为网络是没有判断力的，任何人只要点一下鼠标就能立刻看到你的资料。

网上没有隐私：任何人在任何地方都能剪切、粘贴或发送链接，所以网络中几乎没有的隐私这回事。如果你公布了你的信息，全世界只要点一下鼠标就都能看到你写的东西和你发的照片。随着视频网站和博客的日趋流行，全国媒体都报道过一些尴尬的事情——某些人由于私人信息在网上被公开而变得家喻户晓。这真是可怕。所以在你发送任何个人评论、照片，或者信息之前，一定要考虑清楚。

你无法准确地确定网友是否真诚：你不知道他现实中是否已经结婚，或者是否只是来消遣。你不知道那些号称自己是善良虔诚的基督徒的人是否是骗子，也许现实中他确实会去教堂，但他同时也有可恶的一面——他也许是个色情狂，希望能找个不认识他的人，脱离现实过这种秘密的生活。他并不会因为骗你而感到内疚，因为他认为这一切都是虚幻的——你只是一个对象，一个网络上的陌生人，他和你没有任何真实的联系。在网上你要小心这类男人，他们确实存在！

网络以外有坏蛋吗？当然有。只是我发现网络是一个最容易到达的地方，因此也是那些被社会排斥的边缘人类最常去的地方。那是否意味着你永远不要尝试网上约会了？不，它只是告诉你在网上约会时你要格外小心。

网上交友安全小贴士

下面介绍一些小贴士，让你的网上交友的经历变得更安全：

1. 不要告诉别人你的家庭电话，你的姓氏或地址。

2. 单独注册一个邮箱，专门用来约会（比如 hotmail.com，gmail.com，或 yahoo.com）。

3. 不要告诉别人太多细节。最近有些人只要很少的信息就能搜索到你（例如你教堂的名称，你孩子学校的名称，你何时出门，经常在哪里闲逛等）。

4. 如果你最终同意见面，地点要选在人多的公共场所；另外，把你的计划告诉一个同伴，当你回到家的时候一定要和她联系。

其他网上交友小贴士

1. 找个专业摄影师：当你建立网上个人档案时，选一张你最好看的照片，不要选那些你朋友昨天才给你抓拍的照片。

2. 含蓄地追你的网友：你在网上现身之后，就可以不着痕迹地追求网上的男人了。第一次和第二次约会的时候，有魅力的女人会让男士开口邀请。即使你们已经通过网络或邮件确定了约会关系，你依然要让男士采取主动。他联系你时你可以回应他，但一定要让他先行动，包括发邮件、打电话、

见面等。但是，不要因为有压力就一定要立刻赴

约，要等到你确定自己准备好了再和他见面。

3. 了解一下他的背景：在你准备见网友之前，可以

考虑了解一下他的背景。比如搜索一些他的相关

信息。

朋友们帮的一点小忙可能受益无穷！让朋友们为你说媒

来减轻自己的压力！这只是心态问题。老板、医生、理发师、

熟人、朋友、甚至家里人都有可能认识一些你接触不到的单

身男士。所以敞开心扉，鼓起勇气，踏进相亲的世界。不要

认为相亲或说媒会显得你没有魅力。把它们当作流行的方式。

约会应该是很有趣的，有朋友们的介入，就会更好玩。不仅

朋友们会记得这些经历，而且找对象的压力也没有了。

✳ 约会"胜"经

1. 通过朋友们的帮助来认识一些你难以接触到的单

身男士。

2. 人们都喜欢掺和别人的事，你就让他们掺和吧。

3. 没有人有义务帮你，所以用一种友善的、轻松幽

默的口吻说出你的择偶条件。

4. 等你的朋友好奇心被调动起来了，再用精简的语

言描述你的理想对象。

5. 叫上你的朋友进行四人约会或六人约会。

6. 去参加所有的婚礼，这是个浪漫邂逅的好地方。

7. 大胆和一两个朋友去尝试一下速配。

8. 如果你很好奇，可以试试网上约会，只是要格外小心。

相亲和安排见面

1. 列出所有关心你的朋友名单，可以是你的家人、朋友、同事、同学、邻居、教堂的教友、医生、领导、老师等。想想哪些人了解你的品位，把他们的名字写下来。然后重新整理一下你的名单，把你认为可能愿意为你介绍说媒的人的名字放在最上面。你将最先向他们求助。

2. 重新看看第一章的"想要"的画报。并把画报上所列出的品质浓缩成一句俏皮的小标语来描述你的理想伴侣。把这句话写下来，反复练习。然后试着去找你认为可能的媒人，把你的小标语说给他们听，请他们帮你介绍。把事情的进展记录下来。过一两天再换个名单上的人问问。坚持下去，一直到你找到合适的对象。

3. 想想你的朋友们是否有认识的单身男士，如果有，请他们帮你介绍。准备好，一旦朋友帮你介绍了，你要会眉目传情，你要能和他聊天。

4. 组织一个四人约会。想想哪些已婚夫妇或关系稳定的情侣能够加入你的四人约会，把他们的名字列出来。或者有没有一两个女朋友，她们愿意和你一起安排一个四人的初次约会。现在就行动起来，去问问她们其中一个。

5. 六人约会不是很常见，但是很有趣。想想哪些场合适合六人约会。找几个朋友集思广益，并付诸实践。

6. 你的亲人朋友有没有谁即将结婚？会不会有单身男士去参加？问问新郎新娘，家人朋友是否邀请了单身男士，这位男士是否适合你。每天记录，并开始为参加婚礼做准备。

7. 上网搜索一下你周围是否有即将举办的速配活动。叫上一个女朋友一起去报名，这是值得一试的，到时候你就能说：我鼓起勇气去参加过了。在你的日记本上用至少一页纸来记录进展情况。

8. 搜索一些类似MySpace式的网站。你不必每个都注册，你可以浏览一下，感觉一下这些网站如何工作的。如果你打算注册，一定要遵循本章所列出的警告，要知道哪些信息不能公开。记录下事情的进展。

第五章

不再不知所措

约会之前的沟通全方略

让 他 第 二 次 再 约 你

THE AUTOMATIC 2ⁿᵈ DATE

THE AUTOMATIC 2ⁿᵈ DATE

　　我很喜欢 1995 年拍的青春喜剧《独领风骚》(clueless)，艾丽西亚·西尔维斯通所扮演的女主角切尔，是贝弗利山庄高中里一个人见人爱的甜美女孩。影片刚开始的时候，切尔看上去很肤浅，但随着故事的发展，我们发现她实际上迷人、机智又聪明。作为学校最受欢迎的女生，切尔决定帮助一位"不知所措"的转学生小泰（布莱特妮·墨菲饰演）改头换面，教她如何吸引全校最受欢迎的男生。在这个过程中，一向自信的切尔发现当遇到真正的白马王子时，自己竟然也口齿不灵。电影编剧艾米·海克林通过这部影片很好地提醒了我们，当第一次和陌生人聊天的时候，我们每个人都会感到胆怯——不管我们是多么八面玲珑，人见人爱。

　　当一个令你心跳加速的男人站在你的面前时，你是否会感到不知所措？也许他说了一些话，似乎是暗示想约你出去，而你又不太确定，你不想出丑闹笑话。哎！你怎么样才能弄清楚呢？如果你们已经交换了电话号码，或者朋友已经安排你们见过面了，他打电话来你该怎么说呢？你的语气是否很激动？你是否应该假装不知道他是谁？当某个男士想见你，你是否不知道该说什么？你也许会有些尴尬，或许你会感到害怕。我有过这样的经历。

我19岁那年迷上了一个歌手。我和他见过几次面。第一次是在他的演唱会上，第二次是在当地的一个音像店里举办的签售会上，第三次是在庆祝新专辑发布的派对上。每次见面，我都和他聊天大概5～10分钟。我们第四次见面是在他另一个演唱会的后台，那时他刚获得格莱美提名。那天我是和我姐姐以及另外一个女朋友一起去的，在他的签售会上，我们祝贺他获得格莱美提名。正当我们准备离开的时候，他拦住我们说："我在想我是否可以要你的电话号码，等演唱会结束了也许我们可以聚聚。"这一切发生得太突然、太刺激了，我很惊慌。我的意思是，我非常兴奋，但也有些胆怯，还傻乎乎的。我不知道他指的是我、我姐姐，还是我们三个人，所以我把我们三个人的名字和电话都写在一张纸上给他了！很可笑吧？他猜对了，打了我的电话，并不时地问我是否就是金发的那个——他还说我们三个都很漂亮，但是他只想和我一起吃晚饭。

如果之前这些聊天让你手心冒汗，不要害怕，你再也不会不知所措了，我马上要教你在第一次谈话时怎么聊天以及怎么做——无论是面对面还是在电话里。

✳PART 1
你是在约我吗?

你是否摸不清他是邀请你去什么地方？是一群人的小聚会还是去一个 AA 制的活动，或是一个真正的约会？那你就开口问清楚："你这是在约我吗？"没错，你这么做是有点让他为难，但是你能根据他的回答很快恢复轻松的局面。再说，难道你不想知道他的答案吗？难道你愿意自己瞎猜，再等他出现以后弄得你很尴尬？还是你愿意去了那个派对之后才发现，除了你之外他还邀请了很多女孩？

如果他回答之后，你还是不确定这是一个约会还是一个朋友之间的小聚，你可以调侃他："杰森，你这是在约我吗？还是我要自己带上钱包？"你表现得很轻松戏谑，所以如果他说只是那种朋友之间聚会，你可以笑着说："看来今天不是我的幸运日啊。"这样你就能让他知道，只要他准备好了就可以约你，你会答应的，同时这次你也没有因为他没约你而黯然神伤。你还是可以和他一块去，但是要准备好自己付钱，除非他改变主意决定请客。

作为一个迷人的女人，现在你要学着注意观察周围或眼前的事。当你第一次和某位男士聊天，如果他请你和他一块去做某事，注意他的用词。如果你们在一群人中间，他说请你一块去，你要看着他的眼睛——当他说一起去的时候，是指所有人，还是指你一个人？如果你觉得自己没弄明白或刚才太慌乱了，你就看着他的眼睛问他："不好意思我没听清，你刚才说什么？"不要用一种惊讶的语调，而是用一种平常的询问口吻。如果他说："我们都去，你愿意和我一块去吗？"他很可能是请你当他的女伴。如果他说："我们都去，你也来吧？"他很可能只当你是普通朋友，或者他还没准备好更进一步正式约你。

还有一个办法能明白他的意思，就是直接看着他的眼睛说："听起来很有趣，只是我们俩去，还是我们一群人一起？"记住，你说话的语气很重要。即使这位男士看起来很自信，说不定他只是在装样子，他实际上还没有勇气开口约你，所以你的语气一定要轻松自然。

即使你觉得很丢脸，但在他面前要装作没事，回去以后再慢慢恢复。这次绝不会是你最后一次脸红。就当它是你的学习经验，以后想起来会很有趣的。

❀ PART 2
他打电话来了，然后怎么办？

在过去 10 年间，电话变化很大。呼叫转移、呼叫等待，还有手机的出现让人几乎不会错过任何一个电话。你再也不用呆在家里等电话，也不用再害怕你不在家的时候错过电话，电话响了，它就在你手边。如果你很忙，语音信箱也可以为你留言。

要显得平常

电话铃在响，屏幕上显示的是他的名字或号码。你该怎么做？你只要拿起电话，像平常那样打招呼，让他自报家门。不要告诉他你认出他的声音了或是看到来电显示了。他打电话来你要显得很高兴，但也不要太激动，即使你真的很兴奋也要克制。你简简单单地说，"嗨，很高兴你打电话来"或者"某某（你媒人的名字）说你会打电话来，很高兴听到你的声音"。

如果你需要提前练习如何问候，也别感到害羞。紧张是很正常的，尤其是在你第一次约会的时候，或者你已经很久没有约会过了。我曾经就是这样一个土包子，说话一直都不利索。我必须要不断练习。俗话说熟能生巧。你可以和你女朋友一起练习，也可以自己一个人用录音机练。你的声音是否听起来很舒服，很热情却不过分？这就是你努力的目标。

让他发起谈话

打过招呼以后，让他先说。他也许是个"直奔主题"型的男人，也许他想先和你聊一会，熟悉一下，也许他很紧张，不知道该说些什么。如果过了 10～15 秒钟他都没说话，你就必须要说话了，你可以聊聊你们是怎么认识的，或聊聊介绍你们认识的那个人。这样才能继续对话，但还是要让他驾驭你们的谈话。

记住，你是想等他约你。不要滔滔不绝地说话，我们女人总是容易这样。你可以参与聊天，但你的回答不要太长。你回应他的话或他的问题，可以是一两句话，不要每次只回答一个字，但也不要每次都长篇大论。打电话是为你约会做准备活动，它就像一个试镜，所以最好不要太长——要让他想更多地了解你，你不要把全部剧目都表演出来，让他生厌。

你该说多久

理想的情况是，电话不要打太久，5 分钟就可以了，30分钟就太长了。如果你认为你们俩很投缘，都舍不得和他说再见，那么你稍微停一会，听听他下面怎么说。如果他一直不想挂电话，那没问题。但现实情况往往都是你把每句话变成了长篇大论。

你和他第一次交谈的目的是要让他看到你的魅力和聪慧，让他想更多地了解你。你绝对不会想让他巴不得你赶紧停下来，这样他好挂电话。相信我，真有这种事发生的。我们女孩了都喜欢说话，而男性往往都倾向于直奔主题，然后继续往下。所以你要让他来掌控你们的对话。回答他的问题，不要只说"是"或"不是"，但也不能每次他一说点事你就滔滔不绝。你可以把它比作工作电话——每次简单的寒暄之后就切入正题。对于这个电话，你的主题就是要让他提出约你出去，一旦你们约会了，你们就能更深入地交谈了。

准备好了吗，你可以约我了

你是不是觉得你等得头发都白了他还没提出约你出去？他是否每次电话里都只说些无关紧要的话？如果你们已经打

过几次电话，而他还是没有说到重点，那么你可以帮帮他，把他往重点上引。如果你们还没有见过面，你就可以说："很高兴和你聊天，我很期待和你见面。"然后停一会，等他回答。如果你们已经见过面但还没有约会过，你可以说："很高兴你能打电话来，我希望哪天我们能一起出去。"然后等他回答。如果他说得很含糊，比如"我希望改天能我们一起聚聚"，你就说："好啊，哪天？"或者"好啊，你哪天方便？"但如果他没说这些话，你也别咄咄逼人。

　　如果他说"那么，我就不耽误你了"或者"我得挂了……"你别说话，等着他的下文——也许这时他就要说重点了。你不会想去打断他，让他无法约你吧。

　　即使你们第一通电话结束时他没有提出约会，也没有关系。或许你会觉得郁闷，但是这并不会破坏你们的关系。你想让他开口，那么就顺其自然说再见。你已经让他知道，如果他下次还愿意打电话来，大门随时敞开。很可能他会立刻采取行动，开始计划。

今天再倒霉，也不要向他大吐苦水

　　第一次通话不是每次都能很完美。也许那天你工作不顺心，或者你正好因为鼻子不通而形象大跌，也可能你说了不合适的话。有时候会发生这种事，但这并不表示你搞砸了。

　　如果那天你很倒霉，不要向你这位新朋友大吐苦水。他并不需要知道整件事的经过。你的对象现在还不能完全了解你是多么出色，所以跟他说你的麻烦只会把他吓跑。这并不是说你要假装高兴，你只要别不停地跟他哭诉大家都怎么欺负你。

电话响了，如果你心里很乱，那么不要接电话。让他给你留言。也许你那时正好没心情和他调侃，等到你觉得自己状态很好、很迷人时，你再给他回电话。如果上述情况下你还是接了电话，当他问你今天过得怎样时，你可以老实说，但是不要把你的伤心事说得太细。你可以说："今天不怎么样，工作快让我疯掉了。"或是"今天能碰上的倒霉事都让我碰上了，不过，嘿，你打电话来，让我好过多了。"或是"这些孩子们挑上今天来找我麻烦，不过我还是剩了一口气来告诉你这些。"你还可以轻描淡写地说一下你的窘境，然后一笑置之。他打电话来不是为了给你做免费的心理治疗，所以不要为了让自己好过就把压力转嫁给他。

你们的谈话是否越来越糟？

有一个角色让我产生强烈的共鸣，那就是《全民情敌》里威尔史密斯所扮演的希尔。他能用几个狠招把傻小子变成万人迷。他的招数百试百灵，于是他变成了一个约会专家（听起来就像是男人版的我）。但他这些华丽的表演却很脆弱。当他卸下盔甲，感到自己不可救药地爱上了一个女孩时，一种久违的胆怯和不安偷偷地爬到他内心深处，自己传授给别人的泡妞招数对她却通通无济于事。这并不是因为他不会恋爱，而是因为他是个凡人，他也会感到紧张。是的，我知道他只是个电影里的角色，但是他反映出了我们当中很多人的感觉，我们并不完美，有时事情就是越来越糟。

比如说，你们在电话里谈得并不顺利——可恶的沉默让人无法忍受，或者是他的回答很傻很不着边。你开始想，"哦不，我选了一个笨蛋"。如果谈到一半你开始犹豫不决，不知是要答应还是拒绝他的约会时，你宁可冒险答应他。他电话里可能是太紧张了，你应该给他一次机会。无论这个男人在朋友面前表现得多么酷，但在女孩子面前他可能还是会不安和紧张。如果他和你说话时在电话里显得笨拙不安，可能是因为他挺在乎你，所以紧张到失常。然后等他见到你之后看看他是否变得活跃了。

如果你们第一次在电话里不欢而散是因为他粗俗无礼，和你说不到一块，那又另当别论了。不要犹豫自己是否该接受约会，在这种情况下，你最好趁脑子还清醒的时候停止和他一切可能的关系。

但是，如果他不是个明显的讨厌鬼，那么不要武断地认为他配不上你，你应该先给他一个机会。大家可能很难以相信大卫·斯佩德，一个在屏幕上经常扮演傻瓜的人，能和漂亮的女星希瑟·洛克利尔约会。很多人会想，没搞错吧？！现实情况是，那些认识大卫·斯佩德的人都知道，在屏幕下，他是一个风趣、机智又有魅力的人，还有一大串漂亮著名的前女友。不要被第一印象蒙蔽，等到了解他以后再看。

如果在电话里一开始谈话就不怎么顺利，也许你会希望你们的第一次约会是中午或者晚上早点开始，这样你就不会一整天或一晚上都受制于此。

❋ PART 3
他开口约我了！

一旦他提出约会，你的回答要轻快，"好啊，你有什么计划？"或其用他一些适当的方式回答。如果你想严格控制约会时间，那么可以选择一起吃午饭。你们最多能在一起 1 小时或 1.5 小时，你不用担心到时候没有话讲。晚餐通常会持续更长时间。晚上的约会可能会有 3 小时。如果你们选择周六或周日做完礼拜后见面，那可能会持续更长的时间这是好事还是坏事，取决于你们进展得如何以及第一次相处那么长时间你们是否感觉愉快。准备计划的时候就要想好怎么安排时间。

如果他提出的约会时间和你原有的计划有冲突，不要自动把其他计划取消掉。如果他想约你，他会等到你有空的。不一定要为了你们的进展而改变原有计划。男人喜欢难以得手的女人。如果你没空，那就告诉他，但是不要让他误以为你把他甩了。你可以告诉他："我很想去，但是那天我已经有别的计划了，改天行吗？"（顺便说一下，你没有义务告诉他你那天的计划是什么。）你具体怎么回答要看他邀请你去哪。

如果他请你陪他去听音乐会或参加一个特别的活动，那么就无法改天进行了，你可以说："我真的很遗憾自己无法去，即使这次我不能去看表演，我还是希望改天我们能见面。"或者"这周太忙了，但下周就好了……"然后等他上钩。

不要接受最后1分钟的约会

如果男士在周三或者周四的时候约你在周末见面，你最好说你已经有计划了，但希望能改天见面。你希望他能明白你的意思，不用说得那么直白——那就是，你的活动很多，如果他想让你在周末腾出时间来见他，那他就得提早约你。

同样，你不需要解释你的其他计划。你的计划可能很无聊，看电视、洗衣服、赶工作、写日记，或打扫房间。你只要很甜美地说："哦，我希望我可以去——这听起来很棒，但是我已经有安排了，我们能换个时间吗？"他想约你，必须提前安排。

你并不是在责怪他或告诉他——在最后1分钟才来约女士是不尊重人的表现。你只是有掩饰地把你的信息传递过去，暗示他你很忙，不是很容易就能约到，如果他想追你，那他就得早点预约。

这一点很重要，你不能说一些暴躁的话，就像"我今晚没空见你，谁让你没有早点约我，没有女人会接受临时的邀请。"那样会把"游戏玩家"踢出局的。你要让他自己弄明白——并不是因为你在玩游戏，而是因为你知道自己值得男人优先考虑。

如果你随叫随到，你的男人就不会尊重你，也不会珍惜你。如果你为了他放弃所有胡的事，你就在传递给他一个信息——他是你的全部，你生命中其他事都不重要。事情不能变成这样，尤其是在刚开始的几次约会中，因为那时他对你来说还没有那么重要。绝对不要取消和朋友们的约会，那对你的朋友是很不礼貌的，同时，你这么做会再次传递给他这样的信息：他不需要提前约你。迷人的女人都是聪明、活泼的，并有值得交往的朋友们，只不过多了一个约会对象，这并不意味着你就要改变自己对待朋友们的方式。

我们应该在哪里见面？

你是让他到家里来接你呢，还是和他在约会的地方见面？这要看你喜欢哪种方式，你们怎么认识的，以及你了解他多少。你们怎么认识的？你们之前是陌生人，也没有共同朋友吗？那样的话，最好你们能约在一个指定的场所见面。这样你即便是自己开车去的，他也不知道你住哪里。这不是什么规矩，只是一个好的建议。如果你已经观察过他，并确信他不是个跟踪狂、小偷或精神病人，你可以让他到你家里来接你（只要你不是个单身母亲就行，因为妈妈们要保护自己的孩子）。你自己去有几个好处，一是你想什么时候出门都行；二是他不必知道你住哪儿；三是你不用担心他是否是个好的司机。

有一次我听完演唱会坐男友的车回家，整整一个小时我都心惊肉跳，他开车的技术太糟糕了，我一路都在虔诚地祈祷。我们分别后大约一小时，他打电话来告诉我他的车报废了，因为他刚才在匝道出口撞上了一辆抛锚的车。那辆车里本来坐着两个人，他们在听到后面传来刺耳的刹车声时，奋力跳进草丛里，否则就被撞死了。不是每个人都会遇到这样的危险，但是当你坐在别人车里的时候，要意识到你的命是捏在别人手里的。

如何及何时道别？

当他开口约你并安排好见面时间地点之后，你就该结束你们的谈话了——即使你还有千言万语没说。把这些话留在约会的时候再说。同样，你是希望让他很想见到你并渴望更多地了解你，而不是让他感觉自己在和一个知根知底的老朋友聚会。第一次通话尽量简短。等他敲定约会细节之后，你要说，"我得去……"或者，"我得挂了，不过很高兴和你聊天，我很期待和你见面。"礼貌地挂掉电话，并开始考虑即将到来的约会。

这并不难，是吧？现在你知道他第一次打电话来时你该怎么说怎么做了，如果这件事曾让你手心冒汗，那么你现在就应该很有自信，因为你已经准备好，能够拿起电话接受你的第一次约会了。

❋ 约会"胜"经

1. 如果他是在一群人中间邀请你，注意看他的眼睛。他是在看整个人群还是在看你一个人？他是在邀请你"和我们一起去（作为朋友）"还是"和我一起去（作为女伴）"？

2. 如果你不确定他邀请你出去是作为朋友还是作为约会，你只要用调侃的语气问他就行了。如果他说"作为朋友"，你就轻松地笑笑然后说，"好吧，我自己带上钱包。"

3. 如果你在等来电的时候很紧张，你就练习打招呼，这样你就不那么紧张了，这同时能让你更自信。和你的朋友一起练习，听听自己的声音是不是很轻松。

4. 让他发起对话。不要对他的问题滔滔不绝，但也不要只回答"是"或"不是"，否则他会觉得你很无趣。

5. 第一次打电话尽量简短——5～30分钟就足够了。你希望他能说到重点，约你出去，所以不要说太久，以免说岔了。

6. 当他提出约你出去后，你的语调是快乐而肯定的，"好啊，你有什么打算？"或者"我很乐意，什么时候？"或者用其他一些适当的方式回应。

7. 如果你那天没空，也不要自动把原计划取消，而
   是告诉他，"我很乐意，但是那天晚上我已经有
   别的计划了，改天行吗？"

8. 即使他在第一次打电话的时候没有约你出去，你
   也不必难过。有些男人喜欢在跳水之前试试水温，
   所以你只要等着他开口就行了。

9. 如果那天你心情不好，不要接他的电话。让他留
   言到语音信箱。

10. 如果上述情况下你还是接了电话，当他问你今天
    过的怎么样时，你可以老实说，但是不要把你的
    伤心事说的太细。他打电话来不是为了给你做免
    费的心理治疗，所以不要为了让自己好过就把压
    力转嫁给他。

11. 给对方一个机会，即使这个男人在电话里很沉闷。
    也许他只是紧张或者感到有压力。你可以把这当
    作是对你的赞美。

12. 不要接受最后1分钟的邀请。如果他周四或周五
    才打电话来约你周末出去，你最好说自己已经有
    别的计划了，即使你的计划只是洗衣服。

13. 根据你们认识的程度以及你自己的感觉，决定你
    们是约在某处见面还是让他到你家来接你。

14. 等他安排好约会细节后，你要礼貌地挂掉电话，可以说，"我必须挂电话了，我很期待能和你见面"或"我要去×××了，很高兴和你聊天。"你希望他能更加渴望你，而不是没有新鲜感，所以第一次打电话要简短而甜美。

不再不知所措

1. 拿出你的日记本，写下一个当遇见潜在的约会对象时，你感到惊慌和激动，不知所措的尴尬时刻。尽量详细地记录，你怎么说的，他怎么回应的。写完后，想想当时你原本应该怎么做，才能让你们最后成功约会。现在重新把刚才的场景再写一遍，这次的结果是你们约会了。如果这个场景重现，你会怎么说？

2. 想想如果那位男士约你出去了，你可能会怎么回应，把答案写下来。不断练习，或者和女朋友一起练习，听听她的建议。你的回答一定要轻松戏谑。语气很重要，你不想让人听起来像个急着约会的饥渴女人吧？

3. 写出当你的男伴打电话来以后你该怎么打招呼。语气要和善轻快，记住接了电话以后，你要让对方自报家门，而不是告诉他你已经知道他是谁了。大胆练习你打招呼的方式，如果你觉得舒服，你可以和朋友一起练习。

4. 我们女士总喜欢不停地说话，用几天时间操练一下你的谈话。第一天的时候练习收敛一点。这几天在和别人说话时注意一下你的说话。你是否会滔滔不绝，别人一提问题你就自顾自地长篇大论，

5分钟都停不了？或者你每次只回答一个字？注意自己是怎么说的，并记录下来。

5. 第二天起，在日常对话中练习用一两句话来回答问题，然后等着对方问你更详细的问题。如果对方问你更多的问题，就回答他，但是一定要确保自己能常常停下来让对方说话。如果你是另一个极端，每次只回答一两个字，每天练习让自己回答得长一点——约一两句话。记录你的进展如何。你是否感觉很别扭？人们是否更愿意和你聊天了？坚持练习自己的聊天技巧。

6. 第三天，记录你打电话的时间。看看是否对方已经不愿再讲了，你还是不肯挂电话（你当然不想这么对待一个新的约会对象）。除了计时以外，有意识地每隔5分钟（或更短）停顿一会等对方继续往下说，这样能看出是否是你一直占着电话不肯挂。如果对方继续往下说了，那很好。但是我要提醒你，有时候对方想结束谈话了，而你还一直抓着他的每个字不放，把他最后一个话题又津津乐道一个小时。

7. 假设你的男伴在最后1分钟才来约你，写出3种可能的回应方式。（比如，"我很乐意，但是我已经有其他计划了"等等）。大声说出来。你是否听起来很自信？你是否表现得很迷人，而不是在谴责他？

第六章

Ready? Go!

带着备用计划去赴约

让 他 第 二 次 再 约 你

THE AUTOMATIC 2ⁿᵈ DATE

6

THE AUTOMATIC 2ⁿᵈ DATE

在爱情喜剧片《曼哈顿女佣》中，珍妮弗·洛佩兹扮演的玛丽萨·文图拉是一位来自纽约布朗克斯区的单身母亲，她在纽约最繁华的曼哈顿大酒店里当女佣。而造化弄人，一位英俊的参议员候选人克利斯多弗·马歇尔（拉尔夫·菲因斯饰），爱上了漂亮但"身份卑微"的玛丽萨。当时玛丽萨正在打扫房间，发现一件上一位有钱的客人留下的套装，她忍不住试穿了一下，正在这时，克利斯多弗从门口经过，立即被这位女佣的优雅和美丽倾倒。他看到玛丽萨穿着高贵的衣服，误以为她是一位出身上流社会的名媛淑女。玛丽萨最终使得这次阴差阳错的相遇修成了正果。现实世界里，我们往往不会那么幸运，事实上，我们常常会花几个小时来决定到底穿什么衣服去赴约。

第一次约会之所以让人感到头疼，是因为你会心神不宁——你害怕未知的事物，憧憬今后的幸福，不知该怎么打扮，以前糟糕的约会又涌上心头……你的期待又让你不停地希望这次一定能遇到真命天子。除了这些，初次约会还有一个让人肾上腺素骤升的因素，因为你无法保证"媒人"对那位男士的描述一定准确。相信我，我曾经就被吓住了，朋友对我形容的那个男人和他本人相差十万八千里。但是同样，有时候朋友的描述平平无奇，而见到真人却让我惊喜连连。你要是不去看看，你就永远不会知道。正是这种忐忑不安的感觉让第一次约会变得如此重要，它决定了你能否继续这个游戏。

刚开始你会有压力，但是在这章我会教你如何让约会顺利地进行下去，到时候你能轻松应对，让约会变得更美好，只要你按照我教的做：第一，根据场合选择合适的衣服；第二，了解一些基本的约会礼仪；第三，要准备一些候补方案；第四，无论发生什么都要对约会充满信心。

❀ PART 1
穿什么并不重要，怎么穿才是关键

人要衣装，衣服是展示我们性格和外表的重要方面。你的任务就是在穿戴整齐之后自己感到很美。穿什么并不重要，如何穿才是关键。所以穿衣首先是要悦己，其次才是悦人——因为如果你很喜欢自己的外表，你就一定会光芒四射，你的对象一定会感觉到的。任何一种穿着你都会发现美的地方，无论是休闲装、运动装、商务装还是正装。你并不是要穿得多么夸张，你只要让他看到你而微笑。

衣服所传达出的信息

　　我并不是要故意给你施压，但是除了你结婚那天之外，第一次约会也是一个值得人们好好挑选服装的最重要的场合。从你打开门的那一刻起，甚至还没等你开口，男人就形成对你的第一印象，它会一直持续，并深深印在他的脑海里。你的男伴由此判断你的性格，开始考虑你是否会进入他的生命，并决定你们将会变成怎样的关系。你们是会成为朋友，还是一夜风流，或是终身伴侣？你的打扮对他的决定起着重要的作用。如果你想成功，你的穿着就要准确传达出你想表达的信息，同时你还要意识到你的服装体现了你的价值。

　　太多的女孩都过于相信时装杂志的魔力，她们认为只有让男人立刻就想得到自己，他们才会再打电话——因此，她们选择了暴露、性感的装扮。哦，你这样是会吸引他的注意，不止他，整个餐厅的人都会注意到你，但是这样你只会单纯地挑起他的欲望，而不能俘获他的心。你在琢磨该穿什么衣服时，首先要考虑的是，你这次赴约是为了还能有第二次约会，而不是为了一夜情。当然，你这么做是想吸引他，但是你也要让他把你看成是一个人，而不是一件物品。帕米拉·安德森那样的艳女装扮绝不是你所追求的！

　　像布兰妮·斯皮尔斯、林赛·罗翰、杰西卡·辛普森、卡门·伊莱克特拉和帕丽斯·希尔顿这样的明星，我们不断会看到她们的一些负面报道，这对你来说有一个好处，那就是她们不断地告诉你哪些事不该做，哪些行为不该有，甚至哪些衣服不该穿——这些女孩们的夜店装扮和一些奇装异服却让人不敢苟同，尤其是当你希望男人不仅仅只是想征服你。当然，这些时尚人士有时穿衣服也很得体。我们也会照着她们逛街穿的衣服款式来买，只是不会买那么贵的罢了。

玛利亚·凯利是另一个因为缺乏信心而选错衣服的明星。这位歌星曾打破专辑销量记录，人们一度认为她是一位才华出众的歌手兼词曲作者。但随着一批年轻的流行歌手登上舞台，她改变了自己的风格，以性感示人。最近，当她来到南非，在奥普拉·温弗瑞主持的活动开幕式上亮相时，我都替她感到难为情。因为那是一个为当地贫困女孩所办的女子学院的成立大会。其他到场的名流们都穿着端庄保守的服装，玛利亚在镜头面前穿着低胸的礼服，仿佛在大叫"快看我，快看我！"姑娘们，如果你认为自己所能展现的全部东西就是你的身材，那么你就不是一个迷人的女人，你这是缺乏自信。

暴露的装扮会引得男性色迷迷地盯着你；没错，他的确会因为欲望而围着你转，但他不会长久，也不会尊重你，即使你是个大牌明星。八卦小报整天刊登这些年轻女星们的照片，她们似乎看上去很开心，但同时她们也不断地被好莱坞的坏小子们甩掉。无论你是谁，宇宙中一个不变的定律就是：你必须尊重自己，才能得到别人的尊重。

你知道一会儿将去哪里吗？

如果在男士来接你之前，你已经知道等会儿去哪里，这对你来说就更容易挑选合适的衣服。因为场合决定服装，所以你要知道你的男伴如何安排，以及他打算穿什么衣服。他暗示你们一会要去的是休闲、流行还是正式的场合？我不是要你穿得和他一模一样，只是不要你穿牛仔裤而他穿燕尾服。

如果他透露给你餐厅的名字，你可以自己打电话给那家餐厅，然后决定应该穿什么。有些高档餐厅不欢迎客人穿牛仔裤进去就餐，所以你要打听清楚。你们是不是吃晚饭后还要去看电影？如果是，那么你就选择穿一件舒适漂亮的休闲装。穿上你最喜欢的牛仔裤或休闲裤怎么样？上身配一件流行的小衣服或一件经典款式的衬衫。或者再加一件夹克或皮衣，这样就 OK 了。夏天的时候你可以穿上露肤的夏装和漂亮的凉鞋，来展示你小麦色的肌肤和匀称的双腿。

如果你还不确定，一定要问他。是的，有些第一次约会的对象会把他的约会计划保密，这很让人头疼。如果你不知道约会的细节，那你可以问他应该穿什么衣服去。

如果你已经大致知道该穿什么衣服去约会了，选衣服的时候要注意，不仅要选漂亮的，还要选舒适的，这样你就不会被衣服弄得整晚坐立不安。还有不要忘了天气因素。小吊带衫穿着是很好看，但是如果你冻得直发抖，你也不可能玩得开心的。再说，谁愿意每分钟都要想着把裙子往下拉一拉，或者不停地整理你的衬衫以防走光？不管一件衣服有多么漂亮，如果你穿上勒得太紧，发痒，或让你行动不便，你坐在那只会浑身难受，再也没有办法集中精神施展你所学的那些约会技巧了。

平底鞋也很好

如果你的男伴打算带你去游乐场、露天音乐会、看比赛，或在沙滩上漫步，就别穿三英寸的高跟鞋了。但是如果你们是去听歌剧，去一个有情调的餐厅，或去任何一个不需要怎么走路的地方，你可以穿上那些让你双腿显得更美丽的高跟鞋。记住，你的注意力应该放在你的男伴身上，而不是放在你酸痛的脚上。是的，高跟鞋能让你的腿看起来更长更漂亮，但是走长路时，这会让你膝盖和脚不堪忍受，导致你们的散步一点也不浪漫。

说到舒适，我必须得说有些女孩子在校足球比赛上的装扮实在很可笑。这些姑娘们当然知道该穿什么样的衣服，她们深谙此道，很多女孩子身穿时髦的运动服，为自己的队加油助威。而让我发笑的是有些年轻女孩子脚上穿的是尖头的高跟鞋，而不是运动鞋。我承认她们这样很漂亮，但是穿着这种鞋子走上几英里穿过停车场，走到露天足球场，然后爬上长长的楼梯来到座位处，这可不是好玩的。即使我穿着舒服的运动鞋走那么久，我的脚都会很痛，再说了，如果你的男伴是约你去看球赛的，那么你穿什么鞋他都不会在乎！我敢说他自己脚上一定穿着舒服的鞋子！

舒适又惊艳

尽管轻松的约会适合舒服的穿着，但你决不能以此为借口来穿那些过时的、难看的衣服，因为你是一个时髦、舒服的女孩。你可以找一件既舒适美观、又无论胖瘦都能展示你身材（各个角度）的衣服。你多逛几个地方，不断地试衣服，直到你找到这件舒适又惊艳的衣服。不要被价格吓到，到处都在打折，从名牌折扣商场到百货商场专柜，还有各个小时装店的清仓特卖和寄售商店，无处不在打折。

如果你不懂时尚，我来教你一招：如果你要买一套新衣服，到购物中心去买模特身上穿的那款（我就这么做过）。服装店会把他们最新款最好看的衣服穿在模特身上来吸引顾客，这让你很容易就知道什么衣服最流行。你还可以问问售货员，大多数卖服装的人都热爱时尚，并很乐意和你分享她们的专长。

归根到底，当你的男伴出现后，你希望他打量你然后心想："这个女孩适合我。"所以这里我要告诉你另外一个诀窍：我称之为"镜子的仿照"。想让男伴第二次再约你，你就要让他感到你们俩在一起彼此都很舒服自在。当他和某个相似的人在一起，他会感到被接受，于是就会很舒服。衣服就能做到这一点！想象镜子里你的男伴会穿什么风格的衣服，你就穿相似的款式！如果他穿的牛仔靴，你也穿上牛仔靴，如果他穿的是沙滩裤，你也穿条热裤。你和他穿相似的款式，就是在下意识地告诉他你喜欢他，你和他很像，你们在一起是很自然的。换句话说，你认可你的男伴。

你不需要对时尚非常精通，你的穿着只要能和你的男伴相配，突出你的优点，隐藏你的缺陷就行了——这一切都是为了让你穿上衣服以后不要时刻担心它。这是有点难办，我知道，但也不是完全不可能。做出决定，然后穿戴整齐，之后你应该把注意力放在你的男伴身上，而不是放在你的纽扣、拉链和裙边上。

❋ PART 2
约会进行时：注意你的言行举止

打手机的礼节

手机的出现同时是好事也是坏事。无论你怎么看待手机，它们也不会消失。注意打手机的礼节，这对于第一次约会而言至关重要。确保把自己的手机调成静音。如果你在等一个非常重要的电话，或者你是一位单身母亲，那请调成振动，并提前告诉你的约会对象你可能会中途接到保姆的电话。不要无礼地在约会时接电话，除非事情非常重要（我们的手机都有来电显示功能）。每次你当着对方的面接电话，你无疑就是在宣告你眼前的这个男人没有电话里的人重要。如果是对方在打电话，而你一个人坐在那没话说，这种感觉一定不好受。《圣经新约》里对此有句至理名言告诉你第一次约会该怎么做——"对待别人就像你希望别人对待你一样。"

请求离开一会儿

如果你是一位单身母亲，请提前做好安排，这样你的孩子就不会打搅你的约会了，除非遇到紧急事故或因为一些早就约好的事。孩子们往往不能轻易接受母亲约会的事实，所以他们会想尽办法捣乱，这也不奇怪。如果你约会前已经照顾好你的孩子，把所有需要的事都安排妥当了，那么他们就不需要再打搅你，甚至不需要在睡觉前打电话给你说晚安。作为两个孩子的母亲，我知道打电话回家说晚安对孩子来说是多么无助：打电话和亲口说对于孩子而言是截然不同的。如果你孩子一定要妈妈说晚安才能睡着的话，我不是说你不能当着男伴的面打电话，只是要提前告诉他你等会要打这个电话。同时，为你孩子考虑，不要在第一次或第二次约会时就把新的对象介绍给他们。你应该保护孩子们避免和你新恋人接触，直到你们关系稳定以后。尽量不要影响孩子们的生活，除非这个男人可能永远成为你家里的一员。

要摊牌了：谁付钱？

当账单递过来后，这张小小的纸片仿佛压得人喘不过气。总之你不要理会。你是他的客人，他应该付钱（除非是你约他出来，或你们根本不是在约会）。在请你吃饭或看电影后，你的男伴会感觉很好，觉得自己是一个给予者和保护者，这让他感到自己被需要。别剥夺他这种感受，尤其在至关重要的第一次和第二次约会时。

即使你挣得明显比你的男伴多，还是要让他付钱。他会选一个他付得起的地方！对于一个自信的女人来说，她不愿让男人成为她的领导者和保护者，但是我知道你内心还是希望如此的。约翰·格雷博士对此是这么说的："当男人收到她不相信他可以满足她需求的讯息时，会觉得被拒绝，因而立刻打退堂鼓。"他一定不会再打电话给你，除非他是个吃软饭的家伙。拒绝男士买单不是简单的出于礼貌或为他考虑，相反，这显示了你对男人能力的不信任，不相信他能担负得起今晚及今后的开销。这不是一个好兆头。

如果是你约男士出来，那么很可能他那晚来见你是当作朋友间的小聚，而不是作为一个情人间的约会。另外，如果是你约他出来，要么你们是 AA 制，要么是你，作为邀请者，来买单。对于第一次和第二次约会，我始终认为最好让男士来约你。等到你们关系确定，或者至少已经约会过三至四次，你可以请他去听音乐会或者去看比赛，如果你碰巧有票的话。但是如果你想让他追求你，不要在刚开始就打电话约他！

如果你对此还不是很明白，那我现在就更直白更清楚地解释给你听。在第一次和第二次约会时，所有的活动都是由男士买单。他付钱，你接受；他追求你，你被追求。但是结账时你怎么样才能不感到愧疚呢？你是否应该提出付钱或付小费？不。因为这是他选的餐厅和活动。他选择的，他付钱。如果他问你想去哪，你最好对他想花多少钱心里有数。如果你不知道，可以说，"你怎么想的？你想去豪华的、流行的还是休闲的餐厅？""豪华的"通常意味着昂贵的，"流行的"通常中等价位，"休闲的"是三种里最不贵的一种。

如果你的男伴没有第一时间提出付钱，弄得你坐立不安几乎昏厥，这时候你就该出去整理一下你的容妆了。你请他原谅，然后去洗手间补个妆，放松一下，离开他5分钟左右。这就留有足够的时间来让你的男伴注意到账单并结账。我的女朋友们和我经常使用这招，并且百试百灵！

还记得我在第四章所说的那次六人约会吗，那次其他两个女孩对男孩子们所有活动都请客感到过意不去，觉得有必要请他们吃早餐，但是，早餐是在圣巴巴拉的一个四星级酒店里哎！我敢说这笔费用一定比前一晚所有活动开销都贵。毫无疑问，我没有像她俩一样感到过意不去。当男孩子们迟迟没有结账时，我朋友的脸色开始不对了。所以我站了起来，叫姑娘们一起去洗手间。她们两在洗手间里整整5分钟都感到良心不安，笑话我并觉得我这举动很滑稽。但我坚持我的观点。然后，等我们回去后发现小伙子们确实已经付了钱。其中一个女孩还说："哦，你们连早餐钱也付了？"然后一个男士说："我们等着你们来结账，结果你们跑到洗手间里去了。"我笑笑说："你们几位绅士当然知道该如何款待女士，谢谢你们请我们吃如此丰盛的早餐。"他们听了很高兴，就是这样。

我知道大家都鼓励女人要独立，但比起如今社会上的男女相处法则，这个建议听起来有些过时。但我还是要告诉你，让那些你希望约会的男士扮演给予者的角色能让他们自我感觉很好，而且这招很灵。

第一次约会就要尝试新事物

现在你的男伴已经来了，当你打开门的时候他赞许地微笑着。目前为止你的装扮已赢得了他的好感，现在他告诉你一会你们要去的地方，但是这个地方你并不想去。

然而，在你坚称不喜欢某件事之前，确保你不要还没试过就全盘否定。我的丈夫至今对我耿耿于怀，因为我在一次约会的时候拒绝和他一起吃玛吉诺餐厅的菠菜沙拉。后来我终于败下阵来，吃了一口，我发现竟然很好吃。所以现在每当我拒绝任何事情时，他总是看着我说："菠菜沙拉！"

如果你没有尝试过歌剧、曲棍球或骑术表演，你可以冒险去试一次，这能拓宽你的视野。如果你从来没有试过去民族风味的餐厅就餐，甚至你一想就觉得恶心，你也不妨去试试。如果是因为你对某家餐厅菜单上大多数菜都过敏，或你上次来这里吃得很难受，所以你不肯再去这家餐厅，这当然是无可厚非。还有就是，如果你不吃鱿鱼、牡蛎、猴脑等食物，甚至一靠近它们就觉得恶心，那么你拒绝它们也不是无礼的表现。

如果你觉得电视上放的比赛都很无聊，并且你从来没有现场看过，你应该体验一下，感受一下比赛现场的气氛。有一次我的约会对象带我去现场去看了我生平第一场曲棍球赛，尽管之前我并不喜欢在电视上看这个比赛，但我还是去了，并且看得很尽兴。我甚至去看了传奇球手韦恩·格雷兹基最后一季的比赛。

第一次约会就是要尝试新事物！如果最终你还是很讨厌它——没关系，你下次不做就是了。你当然不用假装自己很喜欢它，因为这样是自欺欺人！这很不公平。我一个朋友的前妻就曾在蜜月期里假装喜欢他所喜欢的一切东西（从运动到音乐到户外活动），等到蜜月结束后，他才突然发现自己妻子的真实感受。毫无疑问，这段婚姻没有维持很久，最后双方都感到了受伤和欺骗。

❀PART 3
意外随时都会发生，提前做好应对计划

你已经问过他了，知道你们马上要去哪里，你也决定了该穿什么衣服去。但你还是感到紧张，第一次约会，因为各种原因，的确会让人忐忑不安。有一个好办法能让你好受一些，那就是在约会之前做一些计划。我不是说你要精心地策划整个晚间的活动，而是有个计划能让你不那么担心，能够自在地享受约会。

巧妙安排，让朋友突然出现

如果你觉得需要，可以在第一次约会的时候请朋友来帮忙把关。我不建议每次约会都这么做，但是初次约会不妨试试，或者在某次约会时你会需要你的朋友来看看你的对象，这样她们就能告诉你她们的感觉。我是这么做的：偶尔，我会安排一些朋友"碰巧"在同样时间同一间餐厅里遇到我和我的对象，然后她走过来打招呼。有时我的对象也会在第一次约会时这么做。能用这种随意、巧妙、"偶然"的方式见到他的朋友或让我的朋友见到他，这感觉挺好的，这样双方都能得到朋友的评价。

如果你还想让男伴第二次再约你，那么又该如何处理这种场面呢？假设你的朋友到时候出现在你面前，你要有个计划，让她过会儿能够自行消失。提前安排一个暗号，即使你的男伴礼貌地邀请她，"请坐，和我们一起吃吧"，这时你的朋友也知道现在该离开了。相信她们会按照你的安排做。如果你暗示朋友该走了，她就应该按计划走开，让你们俩回到二人世界。你不用绞尽脑汁想该怎么样才能让你朋友离开。

男伴对约会没有安排怎么办？

假如你的男伴到你家门口时并没有什么安排，然后他问你打算去哪。你该怎么说？这时候就要启用 B 计划。最好在他来之前就问你，但这种事不会经常发生。所以我建议你脑子里要有一个 B 计划，要考虑到他的支付能力，不要选择他支付不起的地方。

当我被问到第一次约会时想去哪，我总是提议去一个有情调又放松的餐厅，因为你们在那里能够感觉放松，点喜欢的食物，并了解你眼前的这个人。相信我，在餐厅这样的环境里你能对一个人的性格有很多了解：他是怎么对待服务员的？整个就餐过程感觉如何？

你是否一定要有一个候补方案？不一定，但这是个好办法。提前做准备能够让你应付一个难以忍受的约会。研究一下你所在的城市及周边城市，看看都有哪些好地方可以去。一个周六我去了著名的好莱坞标志牌那里散步，遇到了一位来出差的商人，当我们一起环顾周围大房子并憧憬未来的时候，我们之间迸出了火花。那个生意人后来成了我的丈夫！

他准备带你去看你不喜欢的电影

曾经有一次我的对象带我去看史蒂芬·斯皮尔伯格的获奖影片《辛德勒名单》。我当然很想去看这部巨片，但它却不能制造浪漫。这部巨作导致我们俩看完后一直沉默不语，整个晚上我们都不能从这种沉重的感觉中恢复过来，所他干脆就送我回家了。之后我们虽然又约会了几次，但我们都得到了一个教训——约会初期不要看那些深沉、撕心裂肺的电影。

看电影虽然不适合作为第一次约会的内容，但有时候男人会把看电影列入约会计划。当男人提出看一部热门电影而你却并不想看，这时该怎么办呢？不用担心，只要你提前准备好该说的话，当这一刻到来时对他说就可以了。

如果你知道今晚要去看电影，查一下当地电影院都上映什么影片。是些什么情节，什么主题，什么评价，什么等级的电影？这些你都可以上网查到。当地的报纸和周刊也会有电影评论。一旦你知道现在上映什么电影，至少准备两个备选影片，以防你的男伴不喜欢你提议的第一部电影。

当你的男伴提出去看的正好是你厌恶的那一类影片，你也不要立刻判断这个男人品位很差。也许他只是听信了影片宣传或者只是在电影方面品味和你不同而已（很多男人都喜欢看动作片，不爱看爱情片）。这时你要以轻松、友善的口吻请他换一部电影，不要酸溜溜地讽刺他，告诉他你喜欢其他类型的电影，你可以说："哦，我不是很喜欢这部电影，不如我们去看×××？"

无论发生什么，你都要尽量享受你的约会，不要怪他，不要因为他选了一部你不喜欢的电影而让他感到难受。你只要不断练习到时候该说的话，然后再给出一个新的提议就行了。如果这部电影反响平平，你也不妨去看看。但是如果这部电影和你的价值标准相抵触，那你不用勉强自己去看。如果你讨厌暴力题材——同样，你也不用去陪他看动作片。做好准备，以防你的对象提出去看一部沉重的、残忍的、恐怖或暴力的影片，让你感到不舒服，所以你要准备好提出B计划。

如果你没法提议一部你们都喜欢看的电影，那就不看电影了，想想其他的活动。你可以说："我们为什么一定要看电影呢？我们可以去别的地方聊天啊。"你可以提议去玩迷你高尔夫，自己去做陶瓷罐，去商场、去骑车、去徒步、去游乐场、去看风景、去动物园，或去当地的景点。好建议多得是——你只要准备好，并有点创意。

现在你应该会期待下一次的电影约会了吧，看看影评，想好约会之前你该怎么说。多了解一些以及准备几个备选方案不仅能让你避免尴尬的局面，也许还能让你拥有下一次的约会呢！

墨菲定律——该出错的一定会出错

我有一个很久没有联系过的前男友有一天打电话给我，请我陪他出席当年在洛杉矶加州大学篮球场举办的MTV颁奖典礼。我花了好些时间，选了件合适的礼服，配上漂亮的手袋和高跟鞋，一切都很完美。那天晚上，我们坐在自己的座位上，当涅磐乐队和其主唱库尔特·科班唱完《lithium》之后，主持人达那·卡维宣布是广告时间，休息一会儿之后，枪炮和玫瑰及其主唱阿克希尔·罗斯将和埃尔顿约翰合唱一首埃尔顿爵士的歌。我决定趁着休息时间在黑暗中悄悄溜到洗手间去，可这是个致命的错误。

你有没有注意到，每当你回忆所有糟糕的事情时候都是慢镜头？我记得当时在一团漆黑中一脚踏空，摔了下去，膝盖先着地，滑下去十几级台阶，一直刮到小腿。我当时拼命地祈求"拜托，什么人来拦住我"。一双双手从边上伸过来扇在我身上，他们是想阻止我继续往下滑，但我就像车轮似的往下滑。当最后我终于停下来时，一大群人，包括我的男伴，冲过来看我是否没事。

没事？我当然没事！只是请大家现在不要和我说话！我太丢人了，我宁愿去死。

"是的，我很好，谢谢，我马上就回来。"我说，忍着没有掉眼泪。我飞快地告别人群，去洗手间检查我刺痛的双腿。我发现袜子已经刮破了，两条腿从膝盖到小腿底部都蹭出血丝，难看得要命。在我还沉溺于自己的痛苦时，我发现洗手间里还有两个女孩子也和我一样身上蹭破了。这景象太凄惨了，我们三个人面面相觑，都笑了起来。那是唯一一次 MTV 典礼在我们这里举办。

这次有史以来最丢人的事让我学到了要提前为意料不到的情况做准备！那次我包里有替换的长筒袜吗？没有！有没有带止痛药或创可贴？没有！我多么希望自己带了！从那以后，我包里时刻备着这些东西。

你也应该吸取我的教训，提前准备，以防不测。是的，在典礼之后的派对上，我成了大家的笑料，我太显眼了。除了疼痛之外，我还显得很滑稽，膝盖以上像情人节装扮，膝盖以下像万圣节装扮。

当你整理出行的手提包时，不要忘了装一些能随手拿到的小东西。当你衣服上不小心溅上了污渍，这时包里如果带了小包装的清洁湿巾，你就能把衣服上的污渍擦掉；如果你汽车轮胎爆了，手中有车友会的卡就没问题了；你还可以带一些发饰，以防在某些场合你想改换发型；别忘了带一张信用卡以防万一，再带上200元现金，因为有的地方不能刷卡；另外再装上四个五角硬币，以防你的对象停车时没有零钱；还要带些抗过敏药。要有创意，包里装些有用的东西。我保证第二天你一定会感谢自己的。

点一些吃相优雅的食物

在写这一章的时候，我去了一次"培伟"餐厅，那是我最喜欢的亚洲餐馆。在餐厅里写东西是我的一个怪癖。在享用碎鸡肉沙拉的同时，我能文思如泉涌，盯着电脑十指如飞。我想那次一定是因为喝了三杯冰茶导致我神经紧张，不管什么原因，我把筷子弄掉了三次。每次我都会看看周围，希望在这个拥挤的小餐厅里没人会顾得上注意到我的窘态；但每次我都看到角落里有个男人在看我。哦，好吧，我能怎么做？我看看四周，耸耸肩，然后笑笑。当他和他妻子离开时，他走到我面前告诉我他在中国时也遭遇了同样的尴尬。当你搞砸了什么事，要能微笑着面对你的窘境。你的男伴一定会因为你的不完美而为你倾倒。

　　餐桌上有时会发生灾难，但是我要告诉你一些小诀窍，能让你避免发生这些灾难，或者至少能让你大事化小。在你点餐之前，先在脑中想象一下这道菜的样子，你能否优雅地享用这道菜？你将会用叉子、筷子吃还是会直接用手抓着吃？吃完会不会乱七八糟？你应该点一些小块的或能被切成小块的食物，并能很容易地使用叉子吃。有一些食物吃起来比其他的食物更麻烦。大叶的蔬菜沙拉、好几层的三明治以及四英寸厚的汉堡包都很难优雅地食用。烧烤小排？想都别想啦！龙虾和螃蟹？嗯，这两样很好吃，所以值得你费工夫把肉从壳里一点一点挑出来吃。

　　你对食物过敏吗？这种事千万不要隐瞒。告诉你的对象，并在包里装上一定剂量的药，以防你吃的食物里含有某种令你过敏的成分。苯海拉明对很多过敏反应都有效（你要事先咨询你的医生）。下一次男伴带你去吃饭，你在看菜单时就要考虑哪些食物既美味又能吃得很优雅，这样你就不会再陷入令你脸红的境地。

如果不完美

　　即使你们俩都优雅迷人，有时候约会时还是会出问题——尤其是在第一次约会时。你如何处理这些小事故决定了整个晚上是否能顺利进行。有时第一次约会即使不完美，你也同样能得到第二次约会。出现了问题，那就面对它然后尽可能地自嘲一下。反正你过后也会笑自己的，为什么不现在就笑呢？如果问题比较严重，比如说碰上车祸了，你一定要镇定并谅解他，因为你的男伴撞车了他也不会高兴的。学学我哥哥大卫那样圆滑地说，"还好还好"。你要顺其自然，并尽量妥善处理。

总之，每个约会都有好的一面。其一，你认识了某个新对象，光这一点就值得庆贺。也许，只是也许，他不仅仅只是会再约你一次，他有可能变成你的另一半。

第一次约会让人忐忑不安，要想能够放松自己，让约会一帆风顺，你就要遵循以下的逻辑和方法。为成功而穿着，注意言行举止，做好准备，无论发生什么都要往好的一面看——这样你就通往第二次约会之路了。

❀约会"胜"经

1. 人要衣装；你要选择合适的穿着，展示你应有的气质。

2. 记住：穿什么并不重要，怎么穿才重要。确保自己的穿着很舒服。

3. 问问着装要求，并尽量穿得和你男伴相配。

4. 不要为了买一件完美的衣服而倾家荡产，去特惠场、折扣店和打折商店。

5. 记住：男人付钱，你接受。

6. 根据不同的预算，准备好 B 计划。

7. 如果你碰到朋友了，确保他们知道何时该离开。

8. 查一下现在影院上映哪些电影。

9. 在你包里装上应急物品（现金、信用卡、创可贴、
止痛药、抗过敏药等）。

10. 点一些吃相优美的食物，避免一片狼藉。

11. 随遇而安。

12. 如果你期待能享受好时光，你就可以把酸柠檬
变成柠檬汁！

日志提示

准备出发

1. 拟定计划：整理你的衣橱，把衣服按照不同的风格分开——休闲的、时髦的、去教堂的、正式的等等。区分好以后，每次出门前决定自己的穿衣风格，然后把这个风格的每件衣服都试一试。把那些不舒服、不好看的衣服扔掉。如果扔完之后就没剩几件衣服了，要么你去买新的，要么就这几件将就。把自己的感受写下来。

2. 你把衣橱里的衣服都整理过之后，拿出五件衣服，分别用一句话描述这件衣服的个性及传递出的信息。这件衣服传达的信息是你想要的吗？如果是，那就保留它，如果不是，那就该送人了。

3. 今天，你要观察一天中从你身边走过的十个女孩，用一到两句话描述一下每个女孩的穿着表达出什么个性和信息。如果你也想表达出同样的信息，那就到商场去买一套相似的款式。

4. 回到你的衣橱，找出你最喜欢的衣服，穿上它并配上包和鞋子。在家里走走、坐下、站起来、交叉双腿、向后靠在沙发上。穿着这身衣服做这些动作感觉如何？你能放松吗？还是为了保持衣服的形态而坐立不安？如果是后者，我建议你在第三、第四次约会再穿这件衣服，不要在前两次的时候穿。当你们关系稳步发展后，你的男伴会惊喜地发现你变得光彩夺目，那时你也不再会有压力，所以为了漂亮，稍有一点不舒服也是可以忍受的。

5. 模特购衣日：叫上你的女朋友或者就你自己一个人，花一天时间来购物，每次只试穿模特身上的或挂在橱窗里的款式的衣服。选一件买回家。把你的经历写下来。

6. 观察一下情侣们。今天你要观察五对情侣。他们穿的衣服是否款式相似或颜色相同？把你的发现写下来。

7. 试试看。想想哪些东西是你不喜欢的，可以是食物、比赛、电影、或运动。写出你不喜欢的原因。如果你对此并不是深恶痛绝，那么你不妨再试一次，尤其是当你的对象提出来之后。

8. 你希望你的哪些朋友去见你下一个约会对象？把名单列出来。和他们每个人沟通一下，策划一下如何才能让她奇迹般地出现在你和你对象的餐厅里。把你的计划写下来，约会之前再看一遍。

9. 列出几个 B 计划，写出三种价位的提议——休闲的、流行的和昂贵的。创新一些，每种档次的写出 5～10 个地方。

第七章

他对我有感觉吗

扮演自己，让他觉得你独一无二

让 他 第 二 次 再 约 你

THE AUTOMATIC 2nd DATE

THE AUTOMATIC 2ⁿᵈ DATE

　　还记得电影《甜心先生》里那个难忘的场景吗？正当一大帮家庭妇女围在一起指责男人的不是时，汤姆·克鲁斯突然来到女主角蕾妮·齐维格家中，当时所有在场的女士都惊叹不已，看着克鲁斯所扮演的杰里·马奎尔向女主角真心告白，结尾就是那句宝贵的表白"是你令我完整"。很难相信吧，事实上有可能是你，能让这一切在第一次约会时发生。当那位男士出现后，你所要做的就是把约会当作是为他而来而不是为你！

　　把重点从你身上转移到他的身上，这么做有两点理由。第一就是你的男伴在约会时会非常愉快，因为你一直关注着他最喜爱的话题——谈他自己。这能在不知不觉中给他留下深刻的印象，并让他觉得你是他长久以来遇到的最棒的女孩。

　　第二个理由是，你越早了解他，你就能越早判断他是否适合你，很多女人等到发现时为时已晚。这一章和下一章都会详细介绍你该怎么做才能在第一次约会时围着你的男伴转。

❀ PART 1
你和别的女孩不一样，让他也了解这一点

刚开始，在见面说你好的时候，你就要表现得很好。"关注他"，就是珍惜他为你腾出的时间。你要和当下大多数女孩子们不同，当男伴到你家时他会惊讶地发现你已经穿戴整齐，可以出门了。让别人等是个很不好的习惯。你要把自己和大多数女孩区分开，让他对你留有很好的第一印象。这只需要你在他到达的时候已经完全准备好，以显示你很珍惜他的时间。万一你不小心迟到了，你要主动赔不是，真诚地道歉，告诉他迟到的原因，不要装作什么事也没有发生（这很无礼）。

❀ PART 2
你的角色：主持人、心理专家、政治家和粉丝

作为一个迷人的女人，你悄悄地施展自己聊天的技巧，就是说今天晚上你要扮演访谈主持人、心理专家、政治家和粉丝，集所有角色于一身。我们已准备好来仔细研究谈话的艺术，学习在第一次约会时该怎么说话才不会冒犯到你的男

伴——从表面的寒暄到深入了解、打听个人问题。哇！这很难办啊，但你可以做到。我相信你！看着他的眼睛，从小的话题谈起，然后把谈话引到你的男伴身上，谈他自己和他的兴趣，要先听他说完再回应。你要获得他的信任，得到想要的信息，了解他的过去，告诉他你的过去（只说好事），并把你还没有准备好的话题岔开。

看着他的眼睛

在整个谈话的过程中，无论什么时候你的男伴和你说话，你都要看着他的眼睛，这样能显示你对他真正的关注。不要色迷迷地盯着他或奇怪地看着他。你的目光要显示出你在认真听，并真的很感兴趣。这样你就在无声地告诉他："我正在听，尽管我们周围到处都是人，但只有你让我着迷。"

今天，只做倾听者

现在我告诉你一个秘诀，圣经中古老的忠告，但是放在今天依然奏效："每个人要快快地听，慢慢地说，慢慢地动怒。"如放在第一次约会时，意思就是说要认真倾听他说自己的事，不要滔滔不绝地谈自己让他厌烦，当然还要避免向他抱怨你现在及过去糟糕的恋情。听起来很简单是吧？

其实男人也爱说自己的事，所以你只要助他一臂之力就行了。不要掩饰你的兴趣，如果你假装，你的肢体语言会暴露这一切的。你的男伴会知道你不诚实，也不会再打电话给你。

另外，你也没有理由对他的事不感兴趣，尤其在头两次约会的时候，因为你需要了解他，以便知道：第一什么事吸引他，什么事令他厌烦，第二看他是否适合你。所以不要再一味想着自己，而是要关注你的对象。这么做不仅仅是为他，同时也是为你自己！

如果他谈论的话题你一无所知，你也别假装知道，说出傻话。你要告诉他你对此所知不多，让他多解释一些或干脆换个话题。发掘他的兴趣，让他谈谈自己喜欢的东西，比如运动、音乐，生意，或谈谈他的狗。

访谈主持人和心理专家

吸引你对象的技巧，和在工作中或社交圈里与他人相处融洽的方法没什么不同，即使你的对象是明星或领导人也一样。美国著名访谈节目主持人芭芭拉·沃尔特斯认为要想开展一段新的关系，就要显示自己对对方感兴趣。如果不能把注意力放在你的新朋友或新客人身上，你们就无法很快融合，无论对方是你的对象，访谈嘉宾还是任何相关的人。沃尔特斯说："不要在刚开始时只谈自己，即使你是大龄的未婚的女士，也无需对此大加解释。别不好意思承认，随着时间的推移，等你们关系稳定以后，你会发现这个难以启齿的糗事已变得无足轻重了。"

像一个好的访谈类主持人那样，提前研究做好准备，这能让你不那么紧张。走之前想几个你约会时会问的问题。

如果他说感觉你像是在审犯人，你也别担心，你就笑笑说："哦，真的吗？我的问题太多了，我发现你很迷人，所以想了解你的全部。"让他问下一个问题，放松、开心一些。你会及时调整好自己的心情的。

现在主持人该遇到心理专家了。你看，你不仅仅是要"盘问"他，看看他是否符合你的要求，同时，你还要真正去听他说了什么，这样你就能了解这个男人的内心。一个好的心理专家能够掌握这种技巧——通过问问题并认真听对方的回答来理解他人。一个好的倾听者能做到以下四点：注视、倾听、重复、回应。换句话说，当他说话时你眼睛要看着他，听他说什么，并用简单的语言重复他刚才说的内容，看自己是否已经理解他所说的话，在他点头以后，给他一个回应：一、点头鼓励他继续说；二、提一个新的问题好让他继续说或不再谈这个话题；三、就这个话题谈谈你自己的生活。

这种采访式约会的一个重要部分，就是你要意识到每个人都希望有人能听自己诉说。把主持人和心理专家的谈话技巧融合在一起，真正去倾听你的对象，你可以问一些问题或对他的话给出评论，以此表示你在听他说话。当然你还要说一些你生活中相似的事情，显示你和他有共同点。你问过一个问题后，不要立刻就忙着问下一个。一个谈话每次都要有回应。如果他告诉你他在农场里长大，你可以告诉他你在哪里长大，或告诉他你以前有没有去过农场。但是如果你紧接着就把话题转到你最喜欢的香水或他最喜欢的车上，那他会觉得你没有真正注意听他刚才说了什么。

下面我列出你可以问他的 100 个问题：

1. 你听说 ××× 的事了吗？（最近报纸头条）

2. 你能相信天气会变成这样吗？

3. 你家乡的气候怎样？

4. 你喜欢哪种天气：热天、冷天还是不冷不热的？

5. 哪些事最能让你放松——去海滩，去爬山，去平原还是去极地？

6. 你旅行最远去过哪里？

7. 你最喜欢去哪度假？

8. 当 ××× 事件发生时你在哪？（过去国内发生的某件大事）

9. 你经历过的最危险的事是什么？

10. 你觉得哪个最可怕——地震、台风还是龙卷风？

11. 你有生之年最想去的十个地方是哪里？

12. 你平时空闲时候都做什么？

13. 你生平最喜欢哪三部电影？

14. 你有没有电影看到一半就受不了出来了？哪部电影？为什么看不下去了？

15. 你一直钟爱的三个电视节目是什么？

16. 你儿时最喜欢看的电视节目是什么？

17. 你现在最喜欢的电视节目是什么？

18. 你最喜欢的音乐团体是什么？

19. 哪些 CD 片，你的朋友绝不会想到你有？

20. 你现在有没有多年前的东西，会令你的朋友看到

后吓一跳？

21. 你有没有看过歌剧？

22. 你最喜欢的食物是什么？

23. 你最大的爱好是什么？

24. 你喜欢轮滑、冲浪还是溜冰？

25. 你最喜欢的球队是哪个？

26. 你最喜欢什么运动？

27. 你参加一项运动是为了比赛还是仅仅为了好玩？

28. 你小时候喜欢什么运动？

29. 有没有因为参加运动上过报纸？

30. 你最喜欢哪个大学的球队？

31. 你最喜欢哪个职业球队？

32. 你有什么特长？

33. 你有没有让别人感到吃惊过？

34. 你什么时候买的第一部手机？

35. 你什么时候买的第一辆车？

36. 第一辆车是新车还是二手车？

37. 那是你买的还是别人送的？

38. 你是夜猫子还是喜欢早起？

39. 你是喜欢凡事按照计划走还是喜欢想到哪做到哪？

40. 你打字喜欢看着键盘打还是喜欢盲打？

41. 你用智能手机还是掌上电脑？

42. 你听歌喜欢用音响还是用 ipod？

43. 你第一次交罚单是什么时候？上一次是什么时候？

44. 你这些伤疤是怎么弄的？

45. 你第一次受伤是怎么回事？

46. 你住过院吗？

47. 你碰到的最好的事是什么？

48. 你有没有上过电视，报纸或电台？

49. 你写日记吗？

50. 你写诗歌、小说或作曲吗？

51. 你会烧菜吗？

52. 你喜欢艺术吗？

53. 哪些事是你朋友都不知道的？能不能告诉我？

54. 说说你的家庭吧。

55. 你有多少兄弟姐妹？

56. 你和他们亲近吗？

57. 你祖父母还健在吗？

58. 你和你父亲关系如何？

59. 你和你母亲关系如何？

60. 你最喜欢哪个亲戚？最讨厌哪个？

61. 你儿时最美好的记忆是什么？

62. 圣诞节你最喜欢什么样的惊喜？

63. 你有没有留下什么大学时代的纪念品？

64. 你在大学里是小丑还是白马王子？

65. 你第一个宠物是什么？

66. 你最喜欢的宠物是什么？

67. 你小时候想希望长大后干什么？这个志向改变没有？

68. 你第一个工作是什么？

69. 有没有在餐馆工作过？

70. 你是怎么走到今天这步的？

71. 是什么导致你做现在这份工作的？

72. 如果你当初没做这行，那你会选哪个工作？

73. 你理想的工作是怎样的？

74. 你成为今天这样的人，谁对你影响最大？

75. 你对未来有打算吗？还是走一步看一步？

76. 你觉得自己 5 年后是什么样？

77. 20 年后是什么样？

78. 你一生中最大的五个目标是什么？

79. 你打算要小孩吗？

80. 你遇到的最有趣的事是什么？

81. 你最尴尬的时刻是怎样的？

82. 你一生中最得意的时候是什么？

83. 什么事情让你高兴？

84. 什么事情让你悲伤？

85. 你为什么事情心碎过?

86. 谁让你感到讨厌?

87. 什么事让你感到讨厌?

88. 什么事让你感到害怕?

89. 什么事让你生气?

90. 什么样的人会让你印象深刻?

91. 你的偶像是谁?

92. 你觉得自己对政治感兴趣吗?

93. 你小时候怎么看待上帝?

94. 你现在怎么看待上帝?

95. 信仰对你来说很重要吗?

96. 你觉得生命的意义是什么?

97. 有没有什么事你希望能重做一次或重头再来的?

98. 假如你能改变一个陌生人的生活,你会怎么做?

99. 在如今这个世界里,假如你能改变一件事,你会选什么?

100. 假如你有一百万美元,必须在 24 小时以内花完,你会怎么花?

了解时事

还有一个办法能慢慢地建立起你们之间的默契,同时能让你毫不费力地显示出你的智慧,这个办法就是在约会开始时聊一些时事。想知道周围发生了什么事? 有一个好办法,就是了解时下的新闻。也许你只知道一个标题，但是你了解最新发生的事情，这能让男伴对你刮目相看，即使他没有对你说。想让他觉得你知道得很多？那就在动身约会之前看看新闻标题吧。

　　你不需要每则新闻都看，只要在赴约时知道当前大概发生了哪些事就行了。有三个办法能让你做到这一点：看晚间新闻，看白天的报纸，通过电子邮件，从大的资讯中心直接订阅免费的新闻，这些资讯中心包括国家主要的报纸、当地的报纸，电视网络和一些特殊的机构。你只需填写你的电子邮箱地址，当有突发事件时，上述多数机构都会给你发送E-mail。所以出门前你甚至都不用看电视或听广播，你只要上网查看你的收件箱就行了。

　　了解时事能让你看起来更聪明、更有趣。如果你无法定时查收新闻，至少在约会当天看一看。扫一眼标题，拣几则新闻看看，这样除了老套地谈论天气以外，你还可以谈些当前发生的事情。

　　还有一个办法能让你显得更聪明，不至于谈起时事时你茫然无知，那就是你要了解一些最基本的政治活动以及知道现在的领导人是谁。现在世界上有哪些政治危机,牵涉到谁?聪明的人知道身边发生的事，也知道这些事件的影响。你不必精通此道，也不用为谁做宣传，你只要自己心里清楚就行了，这样你就能在谈到这个话题时游刃有余。

　　如果你之前就知道他是做什么工作的那就更好了，这样你就能花点时间大致了解一下他的工作性质。你不必花几个小时来研究，如果他觉得自己的工作值得一提，他很可能会详细向你介绍他这份工作，这时如果你也能说出一些门道，那就会锦上添花。

我也是！

那么你能谈些什么呢？你能否和他谈谈你的生活？当你按照我教你的做，把前几次约会的重点放在男人身上时，你也不必感到自己被漠视。我并不是要求你闭口不谈自己或你生活中那些有趣刺激的经历。我的意思是，当你把谈话引到你想要的话题上时，你要让他成为焦点而已！

你该如何引出你想谈的那些有趣的经历呢？如果你想谈自己最喜欢的某些经历，你可以先问他这方面的经历。听他讲完，然后自然而然地谈你自己的。假如你想说说你是如何得到现在这份工作的，就问问他找工作的过程；如果你非常想告诉他你曾参加过某个游戏节目或曾在报纸上得到某个奖励称号，那就问他这个方面的问题。

你说的时候注意要简短扼要，等到他问你细节的时候再详细说有趣的部分。你平时应练习诉说自己的经历，既可以写下来，也可以一个人大声说，或者在约会前说给你的朋友们听，听听她们的意见。这样你可以知道你的表达是否能让听者感觉和你这个诉说者一样愉快。有的人天生能说会道，能把枯燥的经历说得精彩纷呈。其他人，比如我这样的，就必须要下工夫学习如何在表达时控制时间、如何妙语连珠以及何时停顿等。谈话无趣往往不是因为经历本身很无趣，而是复述没法吸引人。所以你应练练自己的口才。

当你让他说自己的故事时，你能很明显知道自己哪些相似的经历能令你们产生共鸣。你要找的是"啊哈！"或"我也是！"这样的时刻，这能牵起你俩的红线，让你们难舍难分。

与他分享生活中独特的趣事

当你谈自己生活中的事情时，你要说那些难忘的让人惊讶的瞬间——不是要去吓他，而是要吸引他的兴趣。你生活中发生过什么不寻常的事情吗？你有没有什么可笑的家庭传统值得一说？如果那天晚上你没法自然而然地说出来，就在两人都不说话时把它变成问题，比如，"你妈妈烧的最好吃的菜是什么？""你有没有什么东西是从小就吃的，但等你现在做给其他人吃时会让他们感到好笑？"

我家以前总是在吃披萨饼的时候配爆米花，还会在自己做墨西哥玉米面豆卷时加上酸瓜片。我以前并不觉得这么做很怪，但我长大后把这道菜做给其他人吃，他们经常被吓住，也有些人挺喜欢吃的。谁知道呢，说不定我还在全美开创了一个新的传统呢！你怎么样？你有没有什么新鲜事能告诉你的对象？我在这里给你一点提示。

◆ 你去哪里旅游过？

◆ 你有哪些特长和技术？

◆ 你的家庭有没有特别之处？

◆ 你在哪儿长大？

◆ 你喜欢哪些体育运动？

◆ 你有没有上过电视或上过报纸？

◆ 你有没有见过什么名人？

◆ 有没有表演过独唱或独奏？

◆ 你会乐器吗？你会画画、写作或唱歌吗？

◆ 你会外语吗？

◆ 你会打手语吗？

◆ 有没有坐过小型飞机？

◆ 你有没有遇到过紧急情况或救过别人？

◆ 你有什么众所周知的坏习惯吗？

◆ 你有没有做过冒险的事？

◆ 你有没有做过什么真正尴尬或愚蠢的事？

◆ 当某件大事或悲剧发生时你在哪？比如地震、海啸，或其他大事。

　　把某些故事或经历写在电脑里或日记本上，提醒你曾做过这些独特的事情。

　　要记得在两人关系的这个阶段，还很难谈论严肃的话题，你说自己的事情为的是体现你的特别、迷人的个性。不要说些让人同情的经历。体现真正的自己——一个快乐、令人感到愉快的人，而不是"我好苦啊"那样的人。

成为他的粉丝，对他的话报以微笑

第一次约会时你要常笑；事实上，在整个恋爱关系中都很重要。男人喜欢的是有趣、迷人的女士，而不是喜欢抱怨、令人难受的人。无论你做什么，你都要把目光放在生活中有趣的一面上。

大多数男人都喜欢讲同样的故事，重复同一个老掉牙的笑话，那你就让他们说，要参与进他的谈话。你的对象不必像罗宾·威廉姆斯、克里斯·洛克或杰瑞·宋飞那些笑星一样，令你开怀大笑。所以放他一马，让他用自己的方式取悦你。当他试着变得风趣时，他希望你能觉得他很风趣。当他故伎重演，又用老掉牙的笑话来逗你开心，你不要戳穿他。你要表现得很开心，并和他一起笑（而不是嘲笑他）。当他说笑话时你就笑。你不用装模作样，笑得从椅子上跌下来，你只要给他一个欣喜的眼神并报以微笑就可以了。如果到后来你总是倾心于他的独特幽默并且真正听他说故事了，那么他就会手到擒来。

谈你自己的时候要轻松愉快

第一次约会时不要谈你生活中的大起大落，只谈一些生活中好的事情，忽略那些糟糕的。如果你们的关系继续发展，会有机会让你们分享彼此生活中更深层的东西，那时你们感情稳定，能够承受不愉快的事情。如果你和前夫离婚时很不顺利，或经历过一长串不愉快的恋爱，你最好不要把这些话题引出来。或许你可以说"以前我不太会挑男人"，但你不要具体地讲你那些痛苦的过去，不要说你以前的男朋友们是如何欺负你、利用你、欺骗你的。

学习政治家的问答技巧

政治家们都知道，如果别人问你一个问题并不代表你一定得回答。看看大选前的辩论或记者招待会，政客们都很善于处理棘手的问题。面对他们不想回答的问题，他们会反问一个新的问题；要不然就是给出一个完全不相干的答案，但是激情满满，信心十足，导致你最后相信他就是在回答一开始提出的那个问题。

这个技巧需要你多加练习才能掌握，但你可以试试。下一次约会时如果说起一个你还没有准备好的话题，你就要变成一名政客，回问他一个问题或给出不相干的答案；他也许甚至都没有觉察到你在答非所问。

❀ PART 3
别让过去的经历吓跑他

如果说到了痛苦的话题，而你又不能像政客那样圆滑地转移话题，那么就尽量保持轻松的态度，对它一笑置之。在电影《恋爱假期》中，卡梅隆·迪亚兹扮演的角色被问到她的父母是否还在一起，作为回答，她诉说了他们曾经是多么完美的一个家庭，他们号称"三个火枪手"，直到15岁时，一天她放学回家，她的父母告诉她他们离婚了。她说当时她先大笑起来，因为她以为这是一个玩笑，直到她瞄到父亲的箱子已经收拾好了。最后她说那晚她哭了很久，然后重新振作精神，从那以后再也没有哭过。她边说边笑并转移了话题。

这个场景写得非常好。这是她人生中非常深刻、私密、痛苦的时刻，但她大哭一场之后，咬紧牙关，继续向前。电影中她的对象（裘德·洛饰）很受感动，也知道那一刻对她来说很重要，但他还是让她转换了话题。所以，你完全可以在诉说一个痛苦的经历的同时避免把约会变成一个心理治疗过程，否则只会把你的对象吓跑。

掩饰情感

不要一开始就表露你的情感。你知道自己并不疯狂，但是他不知道。他不该承受诸如"所有人都伤害我，你可别这么做"或"我所有的幸福就取决于你是否会打电话给我"或是"我就知道我们是天生一对，我昨晚还梦见你了"这样的压力。

不要在关系稳定前吐露太多情感，这会把事情弄砸的。根本没有人会在看第一眼就真正爱上对方，人们只会在第一眼时被吸引或迷恋，但那不是长久的爱情。人们需要过一段时间才知道彼此之间是爱情还是欲望。现在暂时把你的感情掩饰一下，关注他就行了。

别吓着他了

彼此意见不同并不会妨碍他第二次约你，信仰或政党不同也只会被你的男伴当作是一个挑战。他也许会认为这很有趣而想进一步探寻，也许他会想花些时间来改变你的观点，或看你是否真的懂政治。

第一次约会时真正会把他吓跑的，是你告诉他你已经准备好结婚了，现在或不久以后都可以，或者告诉他昨晚上帝在你梦中对你说你今晚将遇到命中的另一半。这样他会觉得你更关心结婚，而不在乎是否了解他。

不要宣称你希望下一年就结婚，或你的年龄正在敲警钟。如果谈到这个话题，你要让他知道如果遇到合适的人你是愿意结婚的，但是不要给他压力，让他觉得你希望他就是那个合适的人。在第一次约会提这个有点太早了。

✵ PART 4
受到冒犯时，要说出自己的真实感受

我说了这么多要重点关注他，别把他吓跑了的话，并不是要你装得很甜美，小鸟依人，或者他说了不合适的冒犯的语言你也要忍受，他和你意见不同你也要点头。

如果他真的冒犯到你了，把你真实的感觉说出来。说真话没有错，即使这让他不得不转而防守。他想赢得你的芳心，你呢，希望自己被当成淑女来对待。所以如果你要求他好好对待你，你会惊讶地发现他更加尊重你了，他会很快认错，赔礼道歉，并大献殷勤，他不会太过分的。你也不必装成一个恶毒的巫婆，你希望自己被当作一位值得追求的淑女来对待，不是当作一夜情的对象或假小子来对待。你要切入重点，坚持立场，并勇往直前。如果他对你的缺陷或某个兴趣出言不逊，你应该用自己的观点反击他。如果他在你面前谈论其他漂亮女人，不管是因为什么荒谬的原因，你可以说："嘿，你现在不是和你哥们在一起，你是和一位女士在一起，等你和你朋友们在一起时再谈论女人好吗？"有时候甚至好男人也会做些蠢事，只是为了看看你的感觉如何，看你是否会要求他尊重你。他们也想找一个自我尊重的女人，而不是一个受气包，他们也许会和受气包一样的女人出去闲逛，但他们不会追求她，也不会为她花钱。

因为我曾经在好莱坞待过，那是一个以自由的观点和开放的生活方式著称的地方。我曾经和很多人有过第一次约会，他们所持的观点和我的不同，这也不足为奇。他们并不是有意要在言语上冒犯我，只是因为他们无法立刻知道我所持的观点是他们所不齿的。但是我告诉他们了，实际上，他们认为我这样的人都很迂腐。其中和我观点最不一致的一个人多次约我第二次见面，比其他人还更快，因为我立刻成了他的一个挑战，或是一个目标，他希望能够改变我。我必须要说我接受第二次约会基本上也是因为同一个原因：我认为我可以改变他们的观点。观点是不容易改变的，但是第一次和第二次约会时常会出现难忘的相遇以及谈话，充满挑战，难以忘怀。

人们敬仰有勇气的人。相比保持沉默、客气有礼、转眼就被遗忘的人，实话实说的人往往更加引人注目。

我知道这得慢慢学。但是一旦你掌握了与人交流的技巧，你不仅会赢得大把大把的约会，同时你还能改善所有的人际关系。世间万物都有定时，这其中当然包括花时间去关注别人。做一名访谈人、心理专家、政治家和热情的粉丝，你的电话就会再次响起。让你的男伴始终站在镁光灯下，这能让他整个晚上都全身心地投入，并告诉你所有你想知道的事情——这不正是你想要的吗？

约会"胜"经

1. 别在一开始就搞砸了，要能够准时赴约。

2. 当两人在一起时，要始终保持适度的眼光接触，不是要盯着他看，而是把注意力放在他身上。

3. 一个好的交谈者要身兼四职——访谈节目主持人、政客、心理学家和粉丝。

4. 秘诀就在《圣经》中。要快快地听，慢慢地说，慢慢地动怒。

5. 他是焦点，但是你也能谈谈你自己；只要和话题相关并做到简单扼要。

6. 当你说话时言语要简短、巧妙、切题。

7. 如果你非常想讲某件事，通过问问题来把谈话转到那个话题上。等他上钩之后，你就收线。

8. 每个人都经历过一些事，仔细想想你的生活然后把难忘的瞬间写下来——包括高兴的、悲伤的、害怕的、冒险的、幽默的和具有挑战性的等。你把这些事想起来之后，练习用五分钟之内或更少的时间向你的朋友诉说每个故事。不断练习，直到你能从头到尾都吸引他们的注意力。

9. 熟悉新闻标题。这能让你看起来更了解时事，即使你并不了解。

10. 像访谈节目主持人那样思考。提出问题，倾听他的回答。再问一些新的问题。确保你是在认真听他说话，而不是在操心接下来该问什么问题。

11. 男人喜欢能被自己逗笑的女人。

12. 如果他注意到你问了很多问题，那也没有关系。你只要让他知道你对他很着迷，想更了解他。

13. 如果谈到痛苦的话题，你的回答尽量保持轻松，并要笑着说，然后转移话题。现在就分享痛苦的感觉还为时过早，那样你的对象会感到不舒服并不再打电话给你。

14. 你的男伴并不需要你暗示他就是你的"另一半"。

那样的话他一定会认为你更想找一个丈夫，而不是想去了解他。

15. 第一次约会可以应付相反的观点和信仰，却无法处理过早的表白。

16. 秀出你的勇气来，这样别人就会记住你。男人喜欢实话实说、特立独行的女孩，如果你不同意他的观点，或不同意你们正在讨论的某人的观点，那就告诉他。只是不要粗鲁无礼。

第一眼迷住他

1. 和朋友说话时练习谈话的艺术。今天，当你和某人
   聊天时，重点关注他，关注他的兴趣，以及当你
   们讨论话题时注意他的观点。把进展写下来。你
   要有意识地这么做，每天至少一次，直到你能轻
   易做到为止。

2. 当别人说话时，一个好的倾听者会看着说话人，
   听他说，把听到的话重复一下，并提出新的问题，
   表达新的观点，或点头来鼓励他继续往下说。下
   一次面对面和人交谈时试一下这个秘方。效果如
   何？当你重复他或她说的话时是否合适？你是如
   何鼓励别人继续说下去的？

3. 列个计划并写出一系列问题，能帮你涵盖从闲聊
   到严肃的话题。你的问题并不局限于本章所列出
   的一百个。那些只是帮你活跃你的创造性思维。
   想想你列出的"理想男人"的名单，你最开始会
   问什么问题？接下来又会问哪些？

4. 看看每天新闻的标题，了解当今世界有哪些事情
   发生。你可以上门户网站搜索，然后再打开你最
   喜欢的本地电视台或报纸的网页。至少每天订阅
   两条新闻。

5. 列一张清单，写出关于你自己独特、有趣或迷人的十件事。你可以写家庭传统，你具有哪些天赋，你的度假趣事，你的爱好、语言能力——写什么都可以。

6. 写出迄今为止五个难忘的经历。这些经历可以是有趣的或尴尬的，甜蜜的或恐怖的，严肃的或重要的。你可以写某次与名人的邂逅，或写自己出丑的时刻。你可以写在某个国内或国际大事发生时，你自己曾参与其中。

7. 从上面你所列出的内容中挑选十个独特的事情或五个经历，并把他们编成5分钟左右的故事，然后练习向你的朋友们复述这些故事。

第八章

哇噢，我好像有点喜欢他

让他知道你动心了，但尺度需拿捏

让 他 第 二 次 再 约 你

THE AUTOMATIC 2ⁿᵈ DATE

THE AUTOMATIC 2nd DATE

罗伯·莱纳导演的经典约会电影《当哈利遇到莎莉》使得比利·克里斯托和梅格·瑞恩家喻户晓。我们都爱了上梅格·瑞恩所扮演的勇敢的莎莉·奥尔布赖特，也喜欢比利·克里斯托扮演的哈里·伯恩斯，喜欢他那套关于男女关系的荒谬理论。这部电影中我最欣赏的是在结尾字幕滚动时出现的剪辑片段。在对电影里两位主角进行面试之前，导演罗伯·莱纳已经采访了几对真实生活中结婚50年以上的夫妻，请教他们对于婚姻长久的看法。每次我看电影的时候都一直等到最后看完这些采访，这真是非常宝贵。这些老夫妻能继续对方没说完的话，他们行动的步调一致，他们的坐姿一样，他们看起来就像是彼此的复制。

啊，爱情……当两个灵魂之间迸出火花，他们好像就合二为一了。如果你看看某些名人的恋爱史，你会发现至少表面看上去是这样。就拿布拉德·皮特来说，他的外观似乎和他所有的女朋友都很相似——从头发颜色到时尚品位——从最早的朱丽叶特·刘易斯到格温妮丝·帕特洛，从珍妮弗·安妮斯顿到现在的安吉丽娜·朱莉。不是我们所有人都这么明显，但是我们和某人在一起时，我们都会逐渐接受他的行为、言谈和情绪等。想想那些结婚50年的老夫老妻们就知道了。

第一次约会要怎么做才有可能和他的关系延续50年呢？怎么才能从毫无共同点的两个人变成志趣相投的伙伴呢？如果你还没有掌握谈话的技巧，你该怎么做才能把你们从纯粹的陌生人变成灵魂的伴侣呢？答案很简单，只要按照我教的诀窍做就行了。在这一章里，我要教你们五个有趣的技巧——都不需要你坐在教室里或去学校上课。你将学会如何"仿照"你的对象来让他感到舒服并觉得和你是一路人，你会发现，如果真心适当地赞美他，这会令你一帆风顺，你还会发现笑声会拉近你们俩之间的距离。另外，我还会告诉你什么样的碰触能制造一个浪漫的感觉，在恰当的时刻让你的手轻柔地拂过他的臂膀。最后，我还会教你如何把所有这些诀窍结合起来，注视他的眼睛，又不至于把他吓跑。掌握了这章内容，你就能不知不觉地和你的男伴联系在一起——你就不再会遭遇无人约会的窘境啦。

PART 1

"仿照"的魔力

《美国偶像》节目主持人瑞安·西克雷斯特知道如何轻松地与任何一个身边的人打成一片。任何时候，只要他和别人说话，无论对方是参赛者、主持搭档还是一个面试者，他都能表现出对方的气质。如果对方很活跃，他也很活跃；对方如果跳起来，他也跳起来；如果对方很成熟，他也变得很成熟；如果对方皱眉头，他也跟着皱眉。我不知道他这么做时自己能否意识到，也许他太投入，太专注于嘉宾了，所以他立刻就和他们融在一起，我们才能看到这么优秀的节目。

瑞安·西克雷斯特不自觉表现出的这个诀窍非常管用，但甚少人知道，我们称之为"仿照"。我第一次听说"仿照"是在我第一次约会成功的时候，那时我才 20 岁出头。我发现了一本写如何让男人爱上你的书。我买这本书后感到很不好意思，于是我用黑色封皮把书包起来藏在床底下——真的是这样，其中有些秘诀很傻，目的是操控男人，就像是在教你如何对男人施展魔法，好让他打电话给你。

作者的方法中最不实际的地方是她希望你能永远保持这个游戏。你不能做你自己，因为你的男伴爱上的是你所扮演的人物，他打电话约的也是这个角色，而不是你，因为他看不见真实的你。怎么能这样？除此之外，她鼓励人们扮演各种角色——变成其他人，而不是你。也许约会时做一两次无伤大雅，但是一辈子扮演别人就不靠谱了，而且这对两个人都不公平。他不认识真实的你，所以他也不爱真正的你，最终你们会两败俱伤。

与其鼓励你假扮成一个和自己一点都不像的人，我更希望你在头两次约会时别那么关注自己（我不是有意冒犯，而事实上我们有时候的确是太关注自己了），相反，你把精力放在你的男伴身上，这样你就能了解他，从而和他步调一致。

但我从那本书上得到了一个宝贵的诀窍，那就是仿照别人，它几乎立刻就能让我和我的男伴变得和谐一致。这是我第一次听说这个诀窍，后来我也从别处听到过。仿照法适用于人与人之间的任何关系，看看瑞恩·西克雷斯特和其他出色的主持人就知道了。从那以后，无论是工作中、做电视采访，还是在处理我所有的人际关系时，我都会用这一招。当人们和与自己相似的人在一起时会感到非常舒服，熟悉会带来信任与舒适，不熟悉则产生恐惧和不信任。

仿照你的男伴，这不仅能吸引他再次约你，还能让他为你神魂颠倒。那么你该怎么做才能"仿照"他呢？你要调整到他的频率上，和他产生共鸣——换句话说，你变成他镜子中的倒影。

从第一次见面开始（不要等到第一次约会时才做），他在你面前有哪些肢体语言，用什么语调说话，他有哪些举动，他的举止和手势如何，这些你都要反过来呈现给他看。你希望他和你在一起时能感到舒服自在，好像你们天生就该在一块儿。可是你要模仿到什么程度？要多长时间？怎么做才能不让他发现？这一切都该顺其自然，你不要太刻意模仿，这会让两人都不舒服。你让他先进入合适的状态，然后你再不经意地调整自己的状态，跟上他的步伐。这就好像当音乐响起时，你就开始和着音乐舞动身体一样。

举个例子，假如你发现坐着时，你是身体向前倾，而他却非常放松地靠在自己的椅子上，那么你深呼吸一下然后慢慢地做出和他一样的姿势。如果他变换姿势，又坐在椅子前半边，那么过一会你也同样这么坐。你不要突然改变姿势，你只是跟着他的情绪、语调和动作走。你可以想想走路的时候，如果你正和别人一起走，你们就得保持一样的步调。如果他加快脚步，你也加快，如果他放慢，你也放慢。你走路时和他步调一致，他不会觉得有什么不对。

这就是"仿照"对方——和你的男伴保持一致。同样的语调，同样的动作，同样的姿势和活力。所以，在餐桌上，如果你的男伴把手放在桌上，你也照做；他喝一口果汁，你也喝一口；如果他身体向后靠，很放松地坐在椅子上，过一会后，你也向后靠。你要反映出他所散发出的感觉。如果他很随意，你也随意；如果他很活跃，那么请醒醒，你也要活跃起来；如果他说话响亮，语速很快，那么你就加大音量，加快语速；如果他声音很轻，你千万不要大声说话，也不能用正常的音量——你要轻声细语。这种仿照随时都在发生，但通常人们是不知不觉，而不是刻意为之的。当你和别人接触时，你们两人就会自然而然地仿照对方，这就说明你们配合彼此的频率了，或者你们两人太投入了，所以变得非常合拍。

你这么做的唯一目的就是让你的男伴觉得你们是天生一对。你们心有灵犀，志趣相投，所以他想花更多的时间和你在一起。

菲尔·麦格劳博士在他成名之前曾是一位成功的审判顾问，他帮助目击证人们做好准备，使他们能够出庭作证。他研究发现，陪审团的成员更倾向于相信某些证人的口供，原因是这些证人和他很相似。菲尔博士就训练这些证人看着陪审团成员的眼睛，和其中某个与自己最像的成员（相似的背景、生活方式或工作等）联系起来。"你不是要刻意迎合他们，你只是要和他们联系起来。你要很诚恳，绝对不要去操控。"

这招放在第一次约会时也管用。你的第一次约会多半不会像法庭上那样紧张；通过一个眼神、手势、或站姿能让两人产生共鸣，如果这招在法庭上适用，那么在约会这样一个轻松得多的环境里，它一定也能管用。在第一次约会时发现你们的共同点，你的男伴就一定会再来找你。

在你试着仿照你的男伴之前，你可以先拿家人和朋友练习一下。然后在工作环境中试试看，或者用这招试着说服别人听你的话。这招管用吗？你有没有发现别人更乐于答应你的要求？有没有人评论你的小动作？你练得越多就会掌握得越好，人们也就越不易发现你的小手段。你身边的人只会感到更加放松，也就更喜欢和你在一起。

甚至在约会前的调情阶段，你也可以练习映照对方，试着让他来约你。看着房间里的那位男士，仿照他的动作。但是记住，你不是在一味模仿，你只是看着他，慢慢地把自己的姿势调整得和他一样。站起来、坐下、向前倾、向后靠，只是不要在他做完立刻就跟着做。

肢体上的反映不仅仅包括站姿、手势和坐姿，你还要模仿他的音调和语速，他的气场和他的节奏。我属于天生说话快，精力旺盛型的女孩，这在洛杉矶、纽约和芝加哥很吃香。但在其他地方，人们更喜欢慢慢地说话。那么我说话的时候就必须学会配合他们的说话节奏，因为这能让我的听众感到舒服。你在第一次约会时所要做的基本上也就是这样。你掌握男伴的说话节奏，然后自己按照这个语速说。

特蕾茜·卡博特博士认为，你能够在忠于自我的同时还能做到与男伴保持一致。如果你很讨厌体育，而他热爱运动，你可以说："你喜欢运动吧"。没错，你虽然没有和他一样表现出热爱体育，但你认可了他喜欢的东西。"你首先要认可他，然后再映照出他的信仰体系，这样才能让他信任你，就像病人信任医生那样。"卡博特还说你在任何领域任何方面都可以映射他，这没有界限；你只要尽情发挥想象力就行了。"你试着去反射他说话的韵律，他眨眼的方式，他对天地万物的看法，他的呼吸……他就会乖乖地待在你身边了。"

认真倾听你对象说的话，抓住你们之间的一切共同点，但是你要真心去找。要是你假装和他有很多相似点，这早晚会穿帮的。你也不必和他什么都一样。比如说，他如果喜欢巧克力味的冰激凌而你喜欢草莓味的，你不必骗他说你最喜欢巧克力，你可以找个方法把这两种口味联系到一起，你可以说："嘿，你瞧，我们都喜欢最基本的口味，不爱那些花哨的风味。"看到没，你已经为两人建立了共同的基础。他可能喜欢看棒球。而你连球长什么样都不知道，但你有一个亲戚在打棒球。那很好，把这点告诉他，你就已经认可他了。

在你第一次约会时，你可能需要刻意去仿照他，直到你能习惯成自然。如果你还不是很自然，那么你要花点心思。

❋ PART 2
男人要崇拜，但你的恭维要适度

姑娘们，很少女人能意识到男人的内心有个很重要的方面——男人需要被崇拜！无论是男性还是女性，我们都希望被别人仰视，我们都缺乏安全感所以需要别人来赞美。然而，这种仰视和赞美却是稀缺物品，但是男人……他们渴望拥有。尽管他们不承认，但他们其实内心都很渴望。但是你不要说那些老套的恭维话，令他们听得耳朵都生茧，你要自己创造新的赞美语言。

聪明迷人的女人知道要满足男人渴望被认同的心理，在男人希望被赞美的时候不吝赞美之词。所以你要把精力放在男伴身上，发掘他最感到骄傲的事物——可能是他的工作、他的手表、他的教育、他的教养、他的头发、他的肌肉，所有一切。他会谈起他最关心的东西，或不止一次提到它，你不可能没有注意到，因为这样东西非常明显，它大叫着"注意我，注意我！"（比如说他的车或其他什么昂贵的物品）。迷人的女人关注他的男伴，听他说话，并立刻就知道什么事对他很重要。

没有多少事能比真心、独特的赞美更快地赢得男人的心。对你来说，如果想让你的恭维有效果，你必须真的认为他值得赞美，同时他也必须相信你的赞美是由衷的。你恭维他的话要是他想听的，同时要有可信度，不能用粗泛、浅薄的词语。每个人都喜欢被人真心地赞美，也希望你能赞美他，但虚假的奉承则会适得其反。你要学会真诚地赞美他人，如此一来，你再也不会孤家寡人、无人来追了。

现在我来告诉你可以赞美他什么：你可以赞扬他的成就、他受到的表彰、他的仪态风度，称赞他的记忆力、机智、头脑、笑声、笑容、厨艺、整洁、优雅、创造力、专注、天赋、外表、牙齿、嘴唇、眼睛、身高、肩膀、肌肉、头发、香水、着装、领带、外套、鞋子、帽子、戒指、手表、墨镜、勇气、力量、配饰、时尚和装饰品位。你可以夸奖他所写的、说的、唱的、画的或记下的东西。赞美的内容无边无际，只要你是真心的，你可以夸奖他以上任何一样或更多。

如果你知道他的全名，并且想提前挖掘一下你男伴有没有什么有趣的事情，可以上网搜索一下他的名字，看看有什么结果。不是每个人都能在网上查到，但如果他在工作中、学校里有很高的成就或曾经有什么事迹吸引了媒体的眼光，你就会在网上找到。然后你就知道该怎么把对话引到这个话题上，来赞美他的成就。

当你赞美他的时候要尽可能讲细节。你不要说："你的眼睛很漂亮"，而要说"我喜欢你眼中那一抹绿光"；不要说"我喜欢你的车"，而要说"我真没想到你的车这么干净、这么光亮"！不要说"你长得真帅"，而是说"我从没见过谁长得像你这么轮廓分明，我好喜欢"！不要说"你怎么知道这些的？我真没想到"，而说 "我真不敢相信你居然能在心里算出这些数字，我再也做不到"！你能看出区别了吗？粗浅而泛滥的恭维会让你的男伴觉得你不诚心并离开你。你最好能想一些具体的赞美，如果你实在想不出，也可以说他的眉毛很干净。你这么说，他就会想，哇，她观察得可真细致啊！

但也不要马屁拍得太过，把他吓跑了。如果他在医学领域获得过无数的奖状，你当然要让他知道你很崇拜他的聪明，以及他对社会的贡献。但是不要反反复复说，如果你不停地夸他，他要么不相信你的真心，要么他会害怕你变成一个粉丝，爱的是他的形象而不是他本人。你要有点创意。如果你真心地赞美他，他会照单全收，但你的赞美要有分寸。

我记得我第一次见到布鲁斯·威利斯的情景。他那时刚成名，但还不是巨星，我们在艾美奖颁奖典礼的后台，我知道他此刻不需要上去领奖，他当时没有女朋友，而我又穿得很美，所以我觉得我应该趁机攻下他，但最后我失败了。

我走过去，脸上带着大大的笑容，很激动地说"我非常、非常、非常喜欢你的表演，你一定能成为一个巨星！"

他只是看着我，回答我："哇，多谢啦。"口气有点讽刺。

不好，我做得过头了，我明白他的意思，只好走开了。

名人都对无休止的赞美感到厌烦。如果你的男伴是这类人，你就必须表现得更加与众不同，你肯定也不想说那些他每天都听到的话。如果你太过谄媚，他会把你当作粉丝，而不是平等的对象。

在我遇到比利·克里斯特尔的一年之后，我才遇到布鲁斯·威利斯，这次相遇又以惨败告终，我吸取了沉痛的教训。下一次我再和名人面对面时，我就能够调整好自己，并表现得很正常。

5个月之后，我去参加格莱美颁奖典礼。彩排那天和晚会当天我都在现场观看。彩排的时候我身边坐的碰巧是保罗·斯坦利，摇滚乐队 KISS 的主唱。我们先聊了一会这个晚会以及他们马上要表演的节目，之后我便问起他们的成名之路。我说我觉得他很了不起，能够在竞争激烈的环境中遥遥领先这么多年（注意我是作为一个同样身份的人来崇拜他，而不是作为歌迷）。当我得知他如何获得今天的成就，以及他和他的搭档吉恩·西蒙多么精通音乐市场和此类业务，我完全地被他的经历吸引了。我们的谈话进行得很自然，等到正式的典礼那天，他向我要了电话号码。几周以后他打电话给我，当我的接线员告诉我是他打来的时，我真的很惊喜。你也能让男伴对你的赞美有同样的反应。只要自然、真诚、慷慨地赞美他——不要太过分就行了。

顺便说一下，你赞美他的话不要太挑逗。你恭维他的目的不是要勾引他，而是通过恭维他来达到他内心的期待，满足他的愿望。如果你的言语过于挑逗，说明你眼里只有欲望，没有他这个人。

记住，你是一个自信、迷人的女人，你认真倾听你男伴说的话。如果他说的某些话令你印象深刻，告诉他。如果你崇拜他，你就满足了他内心最深处的渴望，你可能想不到，为了听到更多的赞美，他一定会回来找你。

❀ PART 3
发掘内在的喜剧天分，让他知道和你在一起太棒了

你有没有注意到一个现象，当你想告诉朋友一个非常滑稽、让你得笑趴下的事情时，他却无法感受到事情发生现场那种强烈的喜感。这就是"你要在现场才能感觉到"的症状。笑声是连接两人的纽带，通过一起分享一个美妙的瞬间把两人联系在一起。在生活中每个人都能使用更多的幽默手段，当然也包括在第一次约会时。请把笑声带给你的对象。

如果你无法做到笑看人生，或者你说故事的能力太差，

现在就出门买本朱迪·卡特写的《喜剧脱口秀》，或其它关于喜剧的书。你学这些不是用来在夜总会里手持麦克风表演，而是为了让你变得更机智一点。卡特的书非常好，因为她写了很多生活中的经验（好的，坏的，可怕的），然后她教你如何把这些经验转变成笑料。当你和一个新的对象在一起时，这些笑料迟早能派上用场。为什么不和男伴聊聊你的生活，让他开怀大笑呢？

你要一心想着让自己和男伴笑声不断。如果你很开心，笑一笑；如果你很尴尬，笑一笑；如果你很灰心，笑一笑；如果所有事都不顺利，还要笑一笑。不管你信不信，从情感上看，笑声和泪水是紧密联系在一起的，他们最重要的区别在于泪水让你显得很脆弱，让对方感觉"这么亲密，为时过早"，尤其是在第一次约会时，而笑声，则恰好相反，让人感到安全和欢喜，令他不舍离开。大笑不仅对心灵有好处，也能让你的男伴不断回来找你！所以，放飞心情，发掘你内在的喜剧天分，这会让你的男伴觉得，哇，和她在一起感觉真棒！

❋ PART 4
表达你的喜欢：触摸，点到为止

好了，现在你能够反映出男伴的肢体语言，你也学会了如何让他大笑。此外你还能做些什么？我们就快完成目标了，还有一点点小窍门能帮助你俘获男人。其中一个方法就是通过触摸来拴住你的男伴。我不是指肉体关系，我说的是让你的手或手指扫过他的手、胳膊、后背、膝盖或手指尖。你要让你的触摸看起来很自然，就像是你平常的手势，好像你在说"我知道""我十分赞成""我了解"或"我也这么觉得"。

假设你们正在一起享用晚餐，我来举几个例子：如果你正在说一个故事，并想强调重点，你可以伸出手去碰他的手（如果他正拿着刀叉你可以碰他的前臂），然后说，"你知道吗……"或"哦，我想告诉你的是……"你还可以说，"你说过你喜欢高尔夫，那么你一定会喜欢这个故事"。当你说"你刚才提到……"的时候，伸出手放在他的手上或手臂上停留一会，可以停一到两秒钟，然后把手拿回来继续说。这个小小的动作能把你们拴在一起，好像在说"嘿，这一刻就只属于我们俩，不包括周围的人们。"这在人群中或集体约会时也很管用，因为这个触摸提醒你们俩，你们是一对。你不要故意去做，而是让他不知不觉。如果你在约会时触碰他几次并做得很巧妙，它所带来的微妙的冲击会让他一直难以忘怀。

还记得我说过有本书第一次教会我"映照男伴"吗？这本书里还说，如果你想俘获他的心，那么每当他面带微笑时或与你分享愉快的记忆时，你都要伸出手去触碰他，这样他会下意识地把愉快的感觉和你联系起来。我试过这个方法，但我感觉很做作，不自然。你触摸他应该是为了分享某个瞬间或是和他产生关联，而不是对他施展移情的魔咒，如果那样，约会就变成了操控，而不是去享受美好的时光或尝试去了解某人。

不经意的触摸同时也是一个很好的暗示，告诉他你很喜欢他。你不需要更进一步，你没有亲吻他，你只是和他有一些皮肤的接触，这种接触没有侵略性，但能让你们连接在一起。

触摸能表现出保护的意思，比如当两人走路时，男伴会礼貌地把手放在女伴后背上，让其他人知道"她现在是和我在一起，我正在保护她。"

电影《恋爱假期》里有一个非常浪漫的场景，当裘德·洛的女儿告诉卡梅隆·迪亚兹他们家的绰号就叫"三个火枪手"——她自己家曾经用过的名字。这个小女孩刚说完，我们看到裘德·洛悄悄地伸出手，用手指碰了碰卡梅隆·迪亚兹的手指——这个触碰虽然无声，但表达出千言万语。他的触碰告诉她：此时此刻他理解她的感受，并且正守候在她身边。

❀ **PART 5**
用眼神告诉他：你被我点名了

注视他的眼睛，注视他的眼睛，注视他的眼睛。我重复这句话的目的是为了让你们记住。反映他，赞美他，让他大笑和触碰他都是让男人拜倒在你裙下的有力手段。然而，如果你想让关系更进一步，你要确保在使用所有这些诀窍的同时要看着他的眼睛。目光接触是一种充满感情的手段，可以帮你俘获男人的心。你看，如果看着他的手或脸，或任何地方除了他灵魂的窗口，这很安全，也很模糊，但当你看着他眼睛的时候，你们就变得很亲密了。

《新科学家》杂志里有篇文章写道，约会专家和约会高手们都知道，目光接触是一种充满感情的行为。心理专家们也认同，当两人目光相交时会产生强大的电力。"当我们要求几对陌生男女凝视对方的双眼，结果毫不奇怪，他们之间的亲近感和吸引力迅速增加，远比看着对方的双手效果明显。令人没有想到的是，其中一对接受实验的男女后来居然结婚了。研究神经系统的科学家们对此做出解释：凝视别人的眼睛能够使人大脑兴奋起来，感觉受到嘉奖。眼神接触能产生不可思议效果，但前提是方法要正确：如果他的眼神没有和你交流起来，那你不停地看他很可能让他觉得你是一个大花痴。"

所以听从专家们的建议——无论是来自恋爱高手、陪审团专家，还是心理专家的建议——看着男伴的眼睛，认真听他讲话。你的认真倾听比任何事更能让对方感觉自己被赏识、被尊重和被信任。

《圣经》上说，三根绳子编在一起就不容易断。把本章所介绍的和他连接的五种方式结合在一起，哇！这样的话，你的男伴就被你吃定了！你和他心有灵犀，对这个单身男人来说，你是全世界最完美的女孩，但是如果你不让他明白你们之间的这些共同点，他就会茫然无绪。所以在头两次约会的时候，你要让他相信你们之间有很多相似之处。即使你得很费劲才能找到这些共同点，你也要不遗余力地去做。学会这种技巧，一切都会变得轻而易举。

✳约会"胜"经

1. 仿照他的动作、姿势、行为举止和手势。

2. 仿照他的语音、语速和语调。

3. 你的男伴可能注意到你在仿照他，但是如果你做得平滑顺畅，他就不会觉得你是在刻意模仿，他也就不会在意。

4. 当你在映照某人时，他会感到你很喜欢他、认可他。

5. 男人需要并渴望赞美。

6. 赞美他能让你一帆风顺，因为没人能拒绝真心的赞扬。

7. 当你赞美他的时候，不要泛泛赞美一下，而是要具体地夸奖，这会让人觉得你很真诚。

8. 大笑真的是一剂良药。让你的约会充满幽默与快乐。

9. 买本关于喜剧脱口秀的书或去报名上课，以此来激发处出的机智和魅力。

10. 即使所有的事情一团糟，也要笑一笑。

11. 轻轻地触碰你的男伴，和他产生联系。

12. 随意的、非挑逗性的触摸能悄悄地把两人的关系从纯粹的友谊变成浪漫。

13. 和赞美一样，凝视他的眼睛能让他感到自己被赏识。

练习发起对话

1. 练习你的映照技巧。今天试着反映几个人，不要说出来。仿照他们的站姿、坐姿、语调和语速。他们有没有注意到你在仿照他们？如果没有，你也不必告诉他们，继续做就行了。如果他们发现了，说明你还需多加练习。把今天的进展写下来。

2. 你今天在和别人说话时，把声音放低，就像在耳语。他们是否也和你一样轻声细语？

3. 练习赞同别人。今天当你和别人说话时，真诚地赞同他的某些话。如果他说了一些话你并不赞同，找找其中有没有你赞同的方面——比如说，如果他喜欢巧克力味而你喜欢草莓味，你就说你们俩都喜欢基本的味道。如果他喜欢棒球而你不喜欢，你可以赞同职业棒球手都是很棒的运动员，诸如此类。要有点创意，把你今天是怎么做的写下来。

4. 把称赞别人当作你生活中的一部分。指出你崇拜他人的地方以及你喜欢别人的方面。称赞要尽量具体但不要过分。如果你经常去练习赞美别人，你就会自动发掘他人身上值得赞美的东西。本周内你和接下来的十个人说话时，至少称赞每个人一件事。

5. 练习在网上搜索别人。打开谷歌网页并搜索你的名字。有没有找到什么信息？点击其中一些，看看上面说的是不是真的。然后再输入一些你认识的人的名字，出现了哪些信息？

6. 写出你曾经因为赞美不够真诚或过分热情而搞砸的约会。你觉得当时应该怎么赞美才对？

7. 写出一个你尴尬或悲伤的时刻。你该怎么把它变成一个幽默的故事？如果你做不到，就买本喜剧脱口秀的书或参加类似的课程，学会笑看自己和自己的生活。

第九章

吻还是不吻

妥当而浪漫地结束这次约会

让 他 第 二 次 再 约 你

THE AUTOMATIC 2ⁿᵈ DATE

9

THE AUTOMATIC 2nd DATE

我很喜欢《一吻定江山》这部电影，由女星德鲁·巴里摩尔和来自电视剧《双面女间谍》的帅小伙迈克尔·瓦尔坦主演。我非常理解乔西（德鲁·巴里摩尔饰演）曾经历的"悲惨"的高中岁月：既丑又常被人捉弄，简直是一只极不讨好的丑小鸭。如果你尚未体验过那难忘而意义深刻的"初吻"，或者如果你还想回味一下那种感觉——租这部电影来看吧。

乔西·盖勒的初吻比我的要特别，她当时站在棒球场的投球区里，身边围满了激动的球迷和新闻记者。我的初吻比较低调、私密，但对我来说同样非常难忘。当时我12岁，"爱上"了一个传教士的儿子，而我的好朋友对我哥哥也有同样的感觉，我们两个女孩想控制一切，所以我们邀请他俩一起玩真心话和大冒险的游戏。我们两个女孩提前准备好了"真心话"的问题和"大冒险"的内容。当我的心上人终于选择大冒险时（他一直选择真心话而不选大冒险——哎！），他必须"冒险"来亲吻我，我当时非常激动。

　　长话——现在变成笑话了——短说，一个不太完美的初吻令我这个12岁的女孩觉得自己会和这个男孩相爱一生。大错特错！第二天美梦就破灭了。当时我和我好朋友正准备一起去店里买糖，路上我们碰到了我哥哥和那个男孩，他们也正准备去买糖，当我哥哥看到我的朋友，他热情地和她打招呼，拉起她的手一起走了。我满脸欢笑朝那男孩走过去，希望他也能一样。而他却说："你到底想干嘛？我不喜欢你，别指望我会拉你的手！"哦，我第一次公开被拒绝！我很受打击。我好朋友看到这一幕，跑回来安慰我，我们继续向糖果店走去，但从今以后，生活对我来说就再也不一样了。

　　你怎么样？你的初吻是不是好些？是否和你梦想中的一样？还是初吻很让你失望，使你只能寄希望于下一次接吻来给你带来浪漫的恋情？我从初吻中吸取了沉痛的教训，在之后的几年里，社会和科学知识更加强了我的这些体会。其中有两点比较突出。

　　第一，肉体接触对于男孩来说，所产生的意义和女孩不同。我12岁时了解到这点，之后一次又一次见证了它的正确性。除了个人体验之外，我还通过观察其他人以及阅读专家的研究证明了这一点。他乐意吻你（或更多的接触），并不代表他对你就有感觉。男人比女人更容易兴奋，男人为性而爱，女人为爱而性，这话虽老，但千真万确。男人把肉体和感情区分看待，女人则把两者联系在一块。

我从初吻中得出的第二个感悟是，尽管你很期待这个吻，并且这个吻给你带来无比美妙的感受，这也不能表明你们的关系就会长久，甚至都不能证明这就是爱的感觉。你所感到的那种飘飘欲仙只是由于双唇紧密接触所产生的一种过电似的化学反应。这并不持久。

　　第一次约会时的接吻是件令人心潮澎湃的事——事实上，你生活中和每一个新对象的第一次接吻都是如此。它不仅会释放出一种神秘的化学元素让我们感受到满满的"爱"，同时它还会让我们重新回想起青涩的初吻，以及会从他的拥抱中期待爱情的萌芽。

　　在这一章里，我会陪你一起经历初次约会最后的道别时刻，教你如何令他留下美妙的记忆。为了做到完美的道别，我们来看看几种不同的方式，教你如何接近、传递和结束。我们可以对一些可能出现的情况提前做好准备，这样面对约会中最棘手的时刻，你也不会感到担心。如何才能在那时保持迷人的风度呢？

　　如果他靠近你的嘴唇你该怎么做？你吻还是不吻？如果你想吻别，那应该是什么样的吻，该吻多久？你是否应该拒绝他的拥抱，只是在他脸上或嘴唇上蜻蜓点水般地碰一下，"我今晚过得很愉快，再见"？还是让他靠近并投入他的怀抱，甚至更多？或者，你应该以退为进，让他期待下一次约会能拥你入怀？什么程度能刚好吊起他的胃口，什么程度会惹得他拒绝你，甚至更糟——表面沉默，内心怒吼："你到底想干嘛？我不喜欢你！"

一个激情的吻，双唇一次轻柔的接触，一个缠绵的拥抱，或仅仅一个意味深长的凝视，这些能否让你驻留在他心中，让他第二次再约你？是的，完全可以。这取决于你怎么接近他、怎么传达感情以及如何结束第一次的约会。作为一个自信、有自制力的迷人女人，如何把这三者结合起来就看你的了。

❀ PART 1
不可否认，男人往往是身体控制大脑

在我着手处理这些棘手的窘境以及教你诀窍之前，我首先想和你分享一些男人的真实想法。我知道你可能已经了解这些了，但还是让我们回顾一下吧。我特别想说的是男人如何看待肉体接触。

由于男女的想法大相径庭，了解他们的不同之处能让你避免很多不必要的痛苦。所以坚持住，我们一起来看看男人是如何看待吸引力和对身体的索求的。

激情和好感是两回事

约翰·格雷博士告诉我们说，男人最初被吸引"和这个女人是谁无关，也并不表示他想去了解这个女人或想和她发展恋情。他只是想多看看她，多触摸她，更多地感觉她。"这些感觉只会持续一会，通常他睡一觉起来就会忘记。

这里有一个巨大的教训，各位要睁开眼睛看清楚，千万不能错过：即使他亲吻了你，爱抚你，甚至更亲近，这些绝不代表他对你有感情！男人能够把她们的感情和身体吸引区分开来。激情和好感是两回事。

我不是说第一次约会接吻是好还是坏。也许我接吻的次数和礼貌的拥抱及亲吻一样多。但是记住，无论你第一次约会时和你的男伴做了什么，他都会毫无疑问地认为你和其他所有约会过的人都做过！所以别说"我之前从来没这么做过"，即使这是真的——因为他根本不会相信你。

他喜欢挑战

记住，我说过这些诀窍对所有男人都管用，不管是好男人、坏男人，还是丑男人，对于改过自新的浪子也适用。我要告诉你的是，如果你拒绝一个有名的花花公子，这会让他立刻就来追求你，连他自己都不知道为什么。一个擅长甜言蜜语的人是不习惯有人对他说"不"的。他会一直想着你，因为你和他生活中的其他女人不同，你很自爱。对他来说，你不会变成他的笑柄，相反，你会激起他的征服欲，他想得到你。

著名的电影巨星沃伦·比蒂曾经就是好莱坞传说中的花花公子。他几乎和好莱坞所有的美女都约会过，包括戈尔迪·霍恩、坎迪丝·伯根、琼·科林斯、碧姬·芭铎、黛安·基顿、艾尔·麦克珀森、雪儿、麦当娜和卡莉·西蒙（传说她写的歌曲《你白费心机》就是关于沃伦·比蒂的）。然而几十年来，没有一个女人成功拴住他。直到一位名为安妮特·贝宁的美丽、自尊的女演员出现，因为她很难追求，这使得沃伦·比蒂大为倾心。他费尽心思把她追到手，最后这位浪子终于安定下来和她结婚了。贝宁一直保持自尊自爱，一遍一遍地对他说"不"，最终收服了这位游戏人间、飘忽不定的单身汉。

我曾经和很多男人约会过，好男人、坏男人，内向的、风趣的，著名的、无名的。但有一点适用于所有男人：想得到第二次约会并不是让你表现得非常开放，而是让你有所保留，不仅是保留语言和隐藏缺陷，还要保留你的激情。当然，想要第二次约会，你可能会需要一些身体上的吸引，但是让男人真正想再约你的原因是强大的心灵上的沟通和一种征服欲。

对男人而言，肉体需求是不经大脑的，不需要逻辑思考。而促使男人再次约你的恰恰是他头脑中思考的那部分。肉体的吸引只在当时产生作用，你一旦离开他，这种吸引就逐渐消失。但思想却不会消失。你想吊起他的胃口让他心痒难搔吗？那就要以退为进，尤其在第一次约会时。你一定希望他会更想得到你，这样他就会不断地想你。你希望他脸上带着傻笑，一直回味你和他在一起时的一颦一笑，而不是一个转眼就忘的"再见"。（我知道，再见对你来说永远不可能转眼就忘，但是我们现在说的男人啊，他们和我们是不同的动物。）只是，当你的第一次见面结束的时候，你希望最后的道别能令他更想你，无论你道别时是挥手、凝视、轻吻或是其他。

很多甜言蜜语的男人只想在你身上得到一样东西——肯定不会是想和你在公园散步啦！如果你说"不"令他感到很恼火，那么他心里对你就根本没有好感，并且无论你是否妥协顺从，他以后也不会在你身上花钱花时间的。他生气表示他并不是在寻找一段恋情，而是在找一种轻松、无需负责的性关系。这种男人不仅不能保证第二次还会约你，甚至有可能睡一觉起来就把你的名字忘记了。

另一方面，如果你拒绝男伴更进一步的要求，你就已经在他脑中留有印象了。如果他这个人懂得补偿，那他就会很快打电话给你。如果他没打电话来，说明他是个窝囊废，不要也罢！

为了不被三振出局，我来重复一下：如果你很开放，他可能会打电话给你，但是不会提前很久就约你。你可能会在约会前一天的晚上才接到他的电话，让你去他那里。那不是一个约会，那纯粹是找小姐。你则慢慢踏入地下情人的行列，而不是公开的情侣。一个迷人的女人应该得到更好的对待！

❀ PART 2
接吻和上床，不是第一次约会该做的事

多数女人都希望自己能令男伴高兴。而我们通常有一个错误的观念，那就是：要抓住男人的心，就得爬上他的床——尽管我们奶奶告诉我们是要抓住男人的胃！就像我们刚才一直在说的，多数男人都会利用我们这种想要取悦男人的心理——因为他们希望自己被取悦，在肉体上！

当我们妥协，同意他更进一步的索求——无论是我们自己也很享受还是仅仅为了取悦他——我们会发现如果你放纵自己的欲望，很快就会失去这个男人的心。男人喜欢挑战，也会对得不到的东西念念不忘——不管他嘴上对你说的是什么。

上床的女人最容易被人忘掉

通常女人答应男伴的过分要求都是因为她害怕失去，希望自己能令男伴高兴，她害怕"不"会让男人恼火转而离开。很多男人都知道该怎么演得逼真。当我拒绝男伴并送他们出门时，我不止一次听到他们对我说："我并不生气，我只是很失望。"一个聪明的女孩能够识破他的伪装，及时刹车，并温柔地把她的男伴送出门。否则，她就会发现自己处境很糟糕，满足了男人冲动的欲望却并不能留住他，相反，他只会令你更加孤独、惊愕和痛苦。

不安的女人往往更想取悦他人。我非常理解这种感觉，

我自己曾经就是这么一个总是取悦别人的人。对男人说"不"并和他划清界限也许当时令你不舒服，但是这对维护你的自尊和自爱是非常重要的。即使你每次都为了取悦他而同意进一步的肉体接触，你的男伴在激情消退并回到正常生活中之后，他也没有义务一定要打电话给你，而且他是在离开你并回到正常的生活之后，才会决定是否要给你打电话。

如果你想让他记住你，不一定非要在床上表现得很棒才行。上床的女人最容易被人忘掉。那么是什么让男人反复来找你呢？约翰·格雷博士说"让人记住的关键，事实上，和大多数女人想象的正好相反。女人会错误地认为如果她很想取悦男人，男人就会很高兴并对她产生好感。是的，他是很高兴，但是他不一定会对你产生好感。"

他大叫"还要，还要，还要！"

不光只有男人会得到肉体上的快感，我们女人也有荷尔蒙！并且我们也会沉迷于那一刻肉体上的欢愉。但作为一个迷人的女人，我们追求的是第二次约会甚至是更长久的恋情，所以我们必须保持理智。

如果你把这个警告抛到九霄云外，那么会产生一个问题，那就是一旦你们开始进行肉体接触，男女双方的需求程度都会越来越深。今天的满足往往不能适应明天的需求。"还要，还要，还要"精确地描述了人类的欲望。一旦你开始做某事，几次之后，你很难不去想要得到更多或想要程度更深。如果一开始你就向欲望妥协，并且你能不断见到对方，那么很可能你感兴趣的是彼此的身体，而不是你的思想和灵魂。女士们，你们必须清醒地认识到这一点，随便的女人得不到男人的真心。

想得到他的真心，不要让他那么快得手

如果你沉迷于肉体，那你一定会失去你真正追求的东西——他的真心。当你只关注肉体的欢愉，你就不再会和他有广泛的交流，他也就看不到全面的你了。而他必须看到全面的你之后才会做出自己的选择。

女人们有时对肉体接触会感到很迷惑，因为当男人亲吻拥抱女人时，他们常常使我们感觉不一样。男人会让女人觉得自己是他的唯一，很多男人在忘情时甚至会说出你就是唯一这种话，你千万不要相信男人在激情时刻说的话——在第一次约会时尤其、一定、千万不要信。如果他告诉你之前从来没有人让他有这种感觉，这又是你第一次和他约会，你必须要清醒地认识到这是他一时激动说的话，不是他真正的想法。

约翰·格雷博士警告女人说："一个女人必须记得自己并不是真的那么特别，因为男人会被很多女人的身体吸引。你吸引他，这是个好的开端，但并不代表任何更深层的意思。"男人会沉醉在那一刻的感觉里。他当时也许会认为你就是他梦想中的女人。"在这种情况下，他可能会相信，也会表现得

好像他真的爱上'你'这个人了，但最终时间会说明一切。"

格雷还说要想让男人继续追你，你们之间还必须具备其他一些要素，比如说他认为你们可能成为朋友，或者你们心灵上相互吸引。如果你让肉体成为最重要的因素，尤其是在约会初期——第一次约会当然算是约会初期——那么其他因素就无法发挥出来了。吸引力很快就会消退，你很快就会被他遗忘。

肉体接触改变了你们两人关系的整体氛围。好像你在告诉他，嘿，我不认识你，我也不知道我们能否一辈子在一起，甚至明天能否在一起都不确定；但是这感觉很棒，所以，管他呢。我们什么都不要想，把所有顾虑都抛开吧。如果你有这种无所谓的想法，你就对两人都造成了很大的伤害，因为你在这段关系开始前就贬低它了。你当然不再是一个挑战（男人喜欢挑战），在通往他真心的道路上，你自己设置了很多障碍。让男人对你付出真心需要的不仅仅是几个小时，事实上，这需要一些时间，也许是几天，几个星期，或几个月，才能让男人逐渐全身心地爱上你，只有那样，男人才愿意给你承诺。

❀ PART 3
如何结束约会?

好,好,我现在讲到重点了。现在你们已经知道男人的真正想法,也明白太容易妥协是不可能抓住他的心,那么第一次约会时应该做到什么程度呢? 不管你想做什么,你都要在第一次约会前就做出决定。如果你等到了家门口才做决定,那你要么可能在最后道别时表现得吞吞吐吐(而提前做个小小的计划就能让这一切变得很美妙),要么你会做得超出自己的尺度,因为在那一刻你会失去理智。所以,出发之前就要做出决定。

你的底线是不是第一次约会时不和他接吻? 如果你是这么决定的,在道别时该如何守住这个底线呢? 你会伸出手和他握手吗? 你是向前一步和他拥抱一下,然后在进屋时向他挥手道别,还是仅仅冲他笑一下?

你愿意道别时亲吻一下他的脸颊吗? 通常那只有两种可能性,第一,在他靠近你想吻你时你把脸颊凑上去碰触他的脸,第二,你也可以自己主动凑上去亲吻他的脸颊。你想怎么做?

你会同意他靠近你并轻柔地亲吻你的嘴唇吗? 还是你更愿意亲吻他的脸,让你们的道别简短而轻松?

如果你想要后者,那么你最好主动亲吻他,和他道别。但假如你不想仅仅轻描淡写地吻一下,那就等着让男伴来靠近你,然后如果他想越过雷池,你要紧急刹车,适可而止。

也许你觉得和他亲吻、拥抱甚至让他抚摸你5分钟或更久，这令你很舒服，但这并不代表男伴和你一样能仅仅满足于亲吻和拥抱。所以你要明白，一旦他超越了自我控制的极限，你可能会把一头野兽给引出来，你还得想办法阻止他的进一步索求——这可不好玩。

如何确定界限

迷人的女人自我感觉很好。为了保持这种良好的自我感觉，她必须知道如何设定界限以及如何守住它。有个很好的办法能教你如何在激情时刻确定你的界限，那就是约会那天晚上不要和男伴做任何一件令你觉得第二天会后悔的事。如果你发现自己对男伴说（不管是真是假），"我之前从来没这样过"，那么你很可能已经违背了你自己的道德标准，甚至可能连他的也亵渎了。

我很喜欢作家乔希·麦道卫对成功约会的定义，不同于成功就意味着"上床"，他认为成功（这里我强调的是成功的第一次约会）就是"没有愧疚，只有对男伴、对自己、对上帝和对你将来乐观的感受。"

身体接触的尺度取决于你

无论你确定了什么样的界限，约会时要切记，如果你还想再见他，就必须由你来控制身体接触的尺度。不管你是否愿意相信，多数男人都没有足够的控制力来掌握这个尺度——就连善良的信基督教的男孩也会在第一次约会时浑然忘我，如果那天正好月儿很圆，电台里放着动人的音乐，你身上的幽香瓦解了他的自制力 …… 要小心，你有麻烦了。一个男人如果索求更多，而你对他的回应决定了他如何看待你这个人。如果你把持不住，在第一次约会时你和他越过了接吻的程度，那他就不会认为你是个清纯高贵型的女孩，懂吗？

遇到一个迷人的女人，男人就会把持不住。能够让男人失控是你的本事，但是这个本事是要付出代价的。他为你着迷，控制不住自己，但事后他回想起来，会对你做出不公正的评价，如果你们俩所做的事超越了他内心的价值底线，他会怪你——但他不会告诉你。嘿，亚当在伊甸园里不也一样吗？他责怪夏娃让他偷吃了禁果。"你放到我身边的这个女人——是她给了我树上的果子，然后我就吃了。"看看《创世纪》第三章就知道了。

他做了某事并不意味着他就认同自己的行为。人类就是这样，他会找其他人来责怪。那天你也在场，所以这就变成你的错了。也许是他迫使你这么做的，但是你屈服了，所以就该怪你。是的，这是双重标准，但是事实就是这样。

所以你必须坚守底线。在激情淹没理智之前一定要悬崖勒马。你必须做到不要急着和他上床，以免你们的关系破裂。

如果你抛开顾虑，第一次约会就不止接吻那么简单，那么很可能之前你所有的工夫都白费了。男人们喜欢得不到的东西，所以不要轻易放弃自己。迷人的女人有着强健的自尊，并知道作为一个女人的价值。

如果你想吻他而他也正低头靠近你的唇，那就接受他的吻。但是你要有自制力，知道何时该按暂停，因为他是不可能主动停下来的。

✳ PART 4
给彼此一个甜蜜的道别

上述所有的要点你都记牢了，现在你该学习怎么做才能守住个人底线。我不习惯和别人握手道别，这感觉太僵硬，像在做生意。如果我对男伴没有多少好感，我就主动拥抱他，并在道别时亲他的脸颊，如果那天的男人令我心跳加速，我就等他过来吻我。

约会结束三步骤：接近、传递、结束

一旦你确定了第一次约会时肢体接触的底线，你要知道在道别时如果他想更进一步，你该如何回应。首先，所有的约会都是以一两种方式结束的：要不他送你上车，要不送你回家，这取决于你是如何去赴约的。所有约会的结束都包含三个步骤：接近、传递和结束。

如果你那天决定快快地结束约会，并不打算接吻，你就要主动和他道别。当你快要走到车边或快到家时，找到你的

钥匙，准备好随时可以拿出来开门。走到门口时，把手放在门上然后转向男伴，礼貌地对他说一声"谢谢"，并真心地称赞他那天晚上所做的一些事。然后你自然地靠近他（接近），不要太急躁，并亲吻他的脸颊，轻轻地吻一下他的嘴唇，或者给他一个友善的拥抱（传递）。放松，然后看着他的眼睛，微笑，转动钥匙，进门（结束）。我这有个好主意：如果你已发动车子慢慢开走了，你可以向他挥手。如果你站在公寓的大堂里，或是他站在你房子外面的大街上，在你转身消失之前再次回头向他挥手（额外的结束动作）。如果他喜欢你，他会一直站在那直到你消失，这是个好兆头，也许你已经保证了第二次约会。

如果你决定让他来主动吻你，并且准备好在他想越过雷池时随时刹车，你需要做的是深呼吸，让他来开始道别的动作，结束这个晚上的约会。当他送你回家或送你到车前，让他为你开门，陪你走到门口，你可以以面对他并感谢他陪你度过一个美妙的夜晚，然后停一下并看着他的眼睛——这时你还是把钥匙准备好。让他继续下面的动作。

你的男伴可能也会说一些感谢之类的话，并且也会做我上面所说的三个动作，也可能他很紧张很笨拙，在你说完之后没话可说，没关系，实际上，以后回想起这段还是挺浪漫的。所以，如果你发现两人都没说话，就再稍等一下。如果他还只是看着你，那就再说一次谢谢并慢慢地打开车门。如果他还是没有亲吻你或拥抱你，那就按照前面计划好的执行，你来主导。开门时轻轻吻他的脸颊和嘴唇，害羞地转身，向他微笑，并挥手道别。

但是如果你的男伴将手轻柔地滑过你的脖子，嘴唇温柔地吻过你的额头，然后呼吸急促地吻上你的唇。唉……你有麻烦了，因为你知道自己已经神魂颠倒了！

当你的男伴道别时非常投入，给你一个如梦如醉的拥抱，这里我教你一个小诀窍，告诉你在他想越过雷池时该如何应对他的进一步动作。你不要当场发作，指责他冒犯你，你应该用手轻轻抓住他的手，并轻轻笑着对他耳语，"好了，好了"，或者羞答答地看他一眼，说，"我得走了，今晚很愉快"，然后平静而迅速地离开。不要拖泥带水，否则你又得重头再来。但不要忘了离开的时候最后一次转过身来向他挥手，看看他是否还站在那里看着你。

在脑中想一下道别时候该怎么做，你甚至可以在卫生间对着镜子练习，这样你就能把道别的三个动作做得熟练而自然。你也不想到时猝不及防或在你被迷得神不守舍时无计可施。另外，如果你失控了，不要拿这是你第一次约会当借口。无论你多久都不曾有过这么好的感觉，你都要保持清醒的头脑。做个聪明的女人，时刻记住自己约会的目的，你是要让他为你神魂颠倒并愿意花更多时间和你在一起，喜欢你的真实的内在，而不是你的脸蛋或身体。别搞砸了，要切记，切记，切记，时刻记得你的任务，不要被美好的气氛迷惑了。

第九章

吻还是不吻

现在你知道该怎么和你心仪的人说再见了吧？你越迷人，并且越多地去练习本书中的技巧，你就越容易得到第二次约会。你可能感到很得意，但不一定每次都很满意。如果你不想和这个对象继续发展，你该怎么办？你和有些男人就是不来电，你是不是已经碰到过这样的男人了？尽管和他在一起很愉快，但你就是对他没有感觉？对此我有两个办法。

第一个办法是你考虑再给他一次机会。我的座右铭是：如果到第五次约会时我还不想吻他，我就撤退。如果到那时我喜欢上这个人了，并感觉和他在一起很快乐，我就继续和他约会。

如果你一点也不想再见到他，有一个办法，能让你礼貌地告诉他的同时不打击他的自尊。不管你是否相信，如果你表现得很邋遢或很无礼不一定就会把他吓走，你不喜欢的人可能会把此举当作一个挑战而继续追求你。（我个人认为这表示他自己没什么自尊，但明白这点对你也无济于事。）

有一个有效而体贴的办法能让他很快放弃你并且不会伤害你们两人，那就是让他描述一下理想的伴侣。注意听他的描述，因为你需要告诉他你不是他描述的那种人，并且永远不可能是。当他描述这位神秘的女人时（即使听起来明显就是你），你对他说："嗯，我的朋友里有谁是这种人呢？"然后你和他像好朋友那样相互帮忙配对。你甚至可以说："如果我有朋友符合你的描述，我能介绍你们俩认识吗？"

如果他是个不错的人，他就会明白你的意思，说可以或不用，但那天晚上他依然会保持风度。如果他当场发作，想知道为什么你不喜欢他，这时你也不要太刻薄。你可以说说刚才他提到的某些描述不符合你，或告诉他你观察到的一些问题，不要针对他个人，比如说你们两人目标不同，信仰、文化、背景或兴趣都有差异等。

这招我用过两次，两次都让我获得了长久的朋友。其中一个男人非常迷人，那晚我们一直聊天聊到餐厅关门，但我就是对他不来电，我觉得他和我的几个朋友比较相配，就是和我不合适。我开始问他理想的女友是什么样的，然后说，"唔，我这里有没有合适的人选呢？"还有另外一个男人，后来他变成了我朋友，他和一个漂亮活泼的女孩结婚了。好就好在我从来没有和他们俩接吻过，所以我和他们的妻子在一起时也不会感到不自在，同时我们谁也没有被拒绝。那晚我只是把我们俩的关系从约会对象变成了好朋友。你也可以轻松地让他罢休，因为你是一个迷人、优秀的女人。

一个深深的吻，双唇一次轻柔的摩挲，一个温暖的拥抱，或仅仅一个妩媚的眼神，这些能让他对你念念不忘吗？能让他再一次约你吗？是的，当然可以。

约会时你真正想要的是什么？你希望他怎么对待你？你在寻找什么？一个迷人的女人期待至少能有第二次的正式约

第九章

吻还是不吻

会，而不是一个临时打来的电话"让你过去"。听从我书中给你的建议，你能得到任何男人的第二次邀请，更重要的是，你能得到好男人的青睐。

约会"胜"经

1. 他吻了你（或更进一步）并不代表他就想再见到你。

2. 拒绝一个花花公子立刻就能吸引他，因为他不习惯听到"不"。

3. 接吻时的飘飘欲仙并不能证明你自己真正爱上这个男人。

4. 在你赴约前要想好你的价值和底线。

5. 无论第一次约会时你和他进展到什么程度，你都要控制两人的肢体接触。

6. 无论第一次约会时你和他做了什么，他都会认为你和其他所有约会对象都做过，无论是真是假。

7. 第一次约会时以退为进，要让他对你微笑并更加渴望你。

8. 不要总想着取悦别人让自己难受，你要设定一个界限，他会因此而尊重你并回来找你。

9. 无论约会时你们有什么样的身体接触，男人总是会责怪女人，因为他觉得如果他无法控制自己，女人应该更有自制力。

10. 成功的约会是不要有愧疚，只有对你自己和对象的好感。

11. 想要抓住浪子的心？你要坚守底线。

12. 不要相信他在充满激情时的甜言蜜语，这不是他心底的话。

13. 如果你不想让他吻你，你最好主动一点，再见时注视他，和他握手或轻轻吻他一下。如果你愿意让他吻你，那就等他主动，并在关键时刻刹车。

14. 如果没有感觉，就让他死心。不过他也许值得你再给他一次机会。

吻还是不吻

1. 想想你的初吻，并把它写在本子上。把所有你记
   得的细节都写下来：他是谁，你们在哪，你穿的
   什么衣服，怎么会接吻的，接吻时具体如何，以
   及第二次你见到那个男孩时发生了什么。

2. 回想一下你以往的约会对象，想想有哪些约会不
   怎么顺利，或是你觉得很好，但他再没有打电话
   给你。写出你所能记起的那天告别时的情景。

3. 仔细描述一下你和心仪的男人完美的第一次接吻
   的情景，把它写在你的本子上！

4. 你第一次约会的底线是什么？闭上眼睛仔细想想。
   写出你为什么要划这条界限。你必须要很有力地说
   服自己在你心旌荡漾的时候一定要恪守计划。

5. 想象一下你希望你们如何道别，是凝视、轻吻、
   接吻还是更多。现在回过头看看我的三步走，修
   改一下，以便能在以下三种情况中对你有用：

   ◆ 你道别时主动亲吻他的脸颊或凝视他。

   ◆ 你等他过来拥抱你，但接下来你们俩谁都没
     说话。

   ◆ 你等他来执行告别的动作，但是他想得寸进尺。

     分别写出该怎么做。

第十章

他怎么还没给我打电话

总结第一次约会，准备第二次约会

让 他 第 二 次 再 约 你

THE AUTOMATIC 2ⁿᵈ DATE

THE AUTOMATIC 2ⁿᵈ DATE

浪漫喜剧电影《初恋50次》中，亚当·桑德勒饰演的亨利·罗斯是一位住在夏威夷的兽医，他很喜欢和前来度假的女人交往。直到他爱上德鲁·巴里摩尔饰演的露西，他完全抛弃了以往花花公子的生活。唯一的问题是，露西患有短期记忆丧失症，她总是在一觉醒来就把亨利给忘了。她从来不记得自己见过亨利，所以亨利每天必须重新和露西进行第一次约会，希望有一天她最终能记得他并永远爱上他。好啦，也许这个假想有点不切实际，但老实说，难道你一次都没有希望过你能把某个第一次约会重复一遍？甚至是你最近一次的第一次约会？就像是你一再重复那天晚上和他在一起的情景，直到你觉得很完美，确信他第二天会给你打电话并再次约你。

长舒一口气，约会非常好。你回到家打后电话给你的好朋友们，跟她们分享每一个细节，然后打开日记本写下你和这个男人美好的未来。那么现在该干什么？他什么时候会打电话来？在他打电话来之前你要做些什么？本章内容会告诉你在他下次打电话来之前你要干什么——可能是几小时，或者几天，此外，本章还会告诉你如果他打电话来你该怎么做，如果没有打来你又该怎么办。

无论约会时你们两人是多么合拍，但实际上你并不真正了解这个男人。你不知道他的信仰，你不知道他私下里都会干什么，你也不知道到目前为止他到底对你怎么看。你当然不想在他还在试水的时候把他给吓走。

深呼吸——不要打电话给那个男人。如果你碰巧遇到他，你可以表现得很可爱，但是即使他约会时为你花了很多钱，你也没有必要打电话给他并感谢他。他是追求者，你不是。姑娘们，不要深夜给他打电话（有时你会一冲动就给他打电话，随便找个愚蠢的借口和他聊天）！你可以在深夜打电话给你的朋友（只要他们不会恨你），但是别打给那个男人，包括消息也不要发。让他来采取下一步行动。也许要等一天甚至一个礼拜之后他才觉得该给你打电话了。如果一个礼拜过去了，他还是没给你打电话该怎么办？你感觉自己被拒绝了，哦，不！尤其当你还在想，那天晚上真的很棒，到底哪里出问题了呢？

❋ PART 1
冷静下来，回忆一下

　　打开日记本，记录一下你的约会。你问题问得怎么样？你了解到他哪些信息？他是否接近你的理想目标？他有哪些特点不符合你的要求？你觉得自己哪些地方做得好，哪些地方搞砸了，哪些地方有进步？通过回顾、评价这次约会，你能得到很多信息。你是否表露太多的感情，还是克制住了自己的愿望？你是否说漏嘴了，告诉他你还想着前一个男友？还是你对他说你非常想要一个小孩，或是你有一大堆信用卡债务，你觉得自己永远都还不完？哦，天哪，好吧。下一次记得这些事情都不要对他说，尤其是在前两次约会的时候！

　　往好的方面想，你们有没有一起大笑？你有没有对他抛媚眼，赞美他，注视他的眼睛？你知不知道他的童年，他最喜欢的食物，或最喜欢的球队？他有没有告诉你他将来的一两个梦想？你知道他的价值观和信仰吗，它们和你的一致吗？有时我们觉得我们过得很愉快，但当我们回想这些细节时，我们发现还有很多约会技巧有待练习。那并不表示他不会打电话给你，这只是说明你知道自己还有那些技巧需要掌握。下一次你会做得更好。

✳ PART 2
当他打电话来……

他打电话来了，或是第二天让人送了一束花给你。这才是重点！这才是你所希望的。祝贺你，你开始有点眉目了，也许你能和这个男人有共同的将来。

但是等等，先别把所有的希望和梦想都寄托在他身上。你只是去和他第二次约会。慢慢来，不要急。你们仅仅约会过一次，他仍然在试水，看看你是否值得他投入时间。不要把他吓跑了，无论你做什么，都不要急着购买婚礼杂志。

该说什么，怎么做

你接到他打来的电话该说什么呢？你感到很荣幸，你表现得要和约会时一样迷人。不要表现得太激动，说什么"我真不敢相信你打电话来了"之类的话。你的语气和上次离去时一样，温暖而友善。他这次打电话来不一定是要再次约你出去，也许他在电话里说第一次约会他过得很愉快，但他并没有再提出约你出去，这也没什么大不了。他对你有好感，否则他不会打电话给你的，他还会再打来。

如果你错过了他的电话，并且他在答录机或语音信箱里给你留言了，你可以打电话给他，如果他让你这么做。如果他只是说，"我过得很愉快"，听到这个话，你可以笑一笑并打电话给你的好朋友告诉她们——"他打电话来了！"他还会再试着打给你的。另一方面，如果他给你发了一封邮件或发消息告诉你他感觉很好，你可以回复说"我也是"或类似的俏皮话。

在此阶段你们两人都会东猜西想。你可能害怕立刻打电话给他会让他觉得你迫不及待，也许他的朋友们会对他说："嘿，伙计，这几天先别打电话给她，否则她会觉得你太心急而被吓跑的。"有时我们就是想得太多了。放松下来，你的男伴在他觉得合适的时候会打电话给你的，也许是第二天（女士们都很愿意），也许是过两天，但他最好能在一周内打来。姑娘们，如果他打电话给你了，你可以回电，不是因为你迫不及待，你是在回复他的电话。

不要故意不接他的电话。如果你在来电显示上看到是他打来的，就接电话。而如果你真的错过了，在方便的时候回拨给他。你不需要立刻就回拨，如果你立刻就回了也没关系。

他什么时候打来才算正常呢？就我的经验而言，65%的电话是我第二天就接到的，25%是第三天，10%是在一周以内。

拒绝最后1分钟的邀请

我再说一遍，不要接受最后1分钟的约会。就像第一次约会那样，你必须树立起一个受欢迎的有魅力的女人的形象，你可没空当他的候补对象或最后关头的人选。如果他最后1分钟才打电话约你，很可能是因为其他人爽约了或取消了和他的约会，你现在还不是第一位的。前两次的约会是让他形成对你的看法的重要阶段。如果你的男伴在周四或周五打电他必须先考虑你，让其他女人排到后面去等他的最后 1 分钟电话吧。你希望自己很特别，你没有生气，你只是现在很忙。他和你度过一段好时光，这并不代表他没有和其他人见面，在此阶段他并没有义务只见你一人，但作为一个迷人的女人，你确实值得成为他的首选。他必须明白这点。

拒绝他最后 1 分钟的邀请，你就向他传递了一个非常重要的信息：你是值得他努力去争取的宝贝。实际上，你不去见他，也可能只是坐在家里无所事事，但是为了你们将来的关系，这个牺牲是很值得的。你在以一种间接的方式训练他，让他知道你应该被当作一位淑女来对待，而不是当作临时的消遣对象、哥们儿或其他什么人。这可能意味着你会错过他的约会——一周或两周时间——直到他想明白。为了让他能提前足够的时间来约你，这么做很好也很必要。从长远看，你会得到回报。

PART 3

我什么时候能打电话给他？

好，好，你拼了命地忍住没有给他打电话，也没有给他发信息或发邮件。那么什么时候才能联系他呢？只要等他采取下一步动作之后，你就可以随意联系他了。

　　他接下来的动作可能是打电话、发信息或发邮件，他也可能在你工作的地方等你。在你们第一次约会结束之后，他最好是能给你送一个小礼物以表谢意，可以送花、送糖果，或送一个你们约会时聊过的东西，当作特别的小礼物。如果一个男人真的很喜欢和你在一起，那么通过送东西给你来表示谢意一点也不稀奇。如果他没送礼物也没什么，这并不代表他不喜欢你。只是说如果他送你礼物了，则说明你给他留下了印象，还说明他是一个谦谦君子。

　　注意到没有，我说的是他给你送礼物表达谢意——不是你给他送！当然，这个男人在第一次约会时买单了，但规则就是这样，这不表示你接下来就必须给他打电话或送礼物致谢。你让男人继续扮演追求者，你希望他能感谢你和他出去——因为你是一个迷人的女人！

　　每当我收到玫瑰的时候我都很开心（一打玫瑰能让我整个礼拜都乐不可支，无论工作压力是多么巨大），曾有一位男士给我送的礼物，是我生平收到所有第一次约会的礼物中最棒的。那段时间我和我的室友被一个强奸犯跟踪，我在约会时说起这件事，我还说尽管我喜欢自己动手，而且我还有一个钻头，但是我一直没能在家门上安装一个防盗眼。第二天，我的接待员通知我有人送我一个包裹，我和我的助手看了礼物后都觉得他好贴心。他送给我一个铜的防盗眼，还配了一个合适的钻头。包裹里还有一张纸条，上面说让我给他打电话安排一个时间，他来为我安装。这很棒，不是吗？

如果在约会第二天，你的办公室或家里因为收到一个特殊的礼物而大放光彩，哇哦！真是太好了，姑娘！我希望你正笑容满面。这就和他打电话给你一样重要，你应该给他打电话或发消息表达你的谢意（作为回应，电子邮件显得太慢了）。

❋ PART 4
万一他没有打电话来呢？

我的朋友萨曼莎是个身高 5 英尺 8 英寸，漂亮的金发美女。她在吸引男人第一次约她时很少碰壁，但是她却很难得到第二次约会。由于感到不安，无论她是否喜欢这个男人，她每次都会在第一次约会结束后的第二天就打电话给那个男人，她无法不去想它。相信我，我曾使出浑身解数来阻止她打这个电话，但是她就是忍不住。然后她继续纠缠直到对方不再接她的电话。她很惊讶自己在 10 年之后依然单身，其实这并不是因为她不好，问题在于她从来不让男人有机会思念她，给她打电话。如果她不改改，我恐怕她会一直单身下去。

你已经评价过你的第一次约会了，你认为它很棒。你回家后脑中晕晕乎乎，在你向女朋友们通报了晚上发生的一切之后，你带着笑容进入了梦乡。当他和你吻别时甚至还说："我过得很开心，我会给你打电话。"

但现在已经两天过去了——不，一个礼拜过去了——你的电话还是没有响，也没有人送花给你。他拒绝你了——哦，不！现在怎么办？发生了什么事，你该怎么去补救？

不要打电话给他

深呼吸，不要打电话给他。你可能会说，"可是那晚我们一起度过了最美妙的时光，到底哪里出问题了呢"？放松，继续往下看。

还记得《老友记》里有一个片段，是钱德勒被安排和瑞秋的老板约会吗？钱德勒并不喜欢他那天的约会，但是他不知道该怎么结束。这不仅因为钱德勒是一个傻气又善良的人，同时这个约会是他的好朋友安排的，所以他不能太无礼而惹恼瑞秋。这个场景很搞笑，钱德勒想尽办法只亲了对方的脸颊并说了再见。但是她却一直站在门口看着他。最后他只好说："好吧，我会打电话给你的。"而他没有打电话，瑞秋的老板很困惑，不断向瑞秋打听哪里出了问题。最后，钱德勒只好又一次去约会了，去之前答应瑞秋说他不会再说这句自欺欺人的话——"我会打电话给你。"但当约会结束时，同样的场景，同样的告别。有些男人不知道该怎么结束一个约会，除了说那句套话"我会打给你"。对他们来说，这句话就像他们每天打招呼"你好吗"一样没有意义。

帕特里西娅·艾伦博士深刻地解释了为什么即使男士答应给你打电话，他却不这么做的原因。她认为当男人在约会时，他的身体在那，但他的灵魂往往不在，也就是说他的思维和注意力在别处，多数男人都很难同时思考和感觉。所以"在前几次约会时他也许无法把你看成一个完整的人，他感受到的只有欲望……之后，等他一个人的时候，他会开始把你想成是一个人，那时他才会做出决定，觉得你和他不合适，不管是什么原因。"

重新思考他的肢体语言

既然他没有打电话来，那么现在你就该重新评判一下你的第一次约会。想想看，他的肢体语言和他说的话是否一致，有没有哪里是矛盾的。交流专家莉莲·格拉斯博士说："身体能告诉你很多关于自己和他人的信息。手势、姿势和身体的位置都有一定的意义，因为这些信号表示身体尝试把深层的感觉表达出来……无论你是否知道。肢体语言可能会强化你的话语，有时它也会和你说的话相抵触，因为一个人的身体会暴露他真实的感觉。"

所以，女士们，当你男伴的肢体语言和他的话语不一致时，你应该相信他的肢体语言。肢体语言表达我们真正的想法，而我们说的话有时会言不由衷。他有没有对你说些做作的套话，比如说"你好吗？"或"我会打电话给你？"如果是，那么他的肢体语言是证明了他的诚意，还是暴露了他的伪装？想想看，然后诚实地面对你真正观察到的现象，而不是你所希望他表达的意思。

不需要解释

　　是的，我知道，他如果没有打电话来，你想知道是哪里出了问题，而且你觉得他应该向你解释。不，你不要让他解释。如果他没有打电话给你是因为你做了什么事把他吓跑了，他是不会告诉你这些的。如果他告诉你他现在太忙没时间约你，这可能是真话也可能是假话。对伤害别人的话，多数人都难以启齿。除非他是西蒙·考威尔，否则他是不愿意对你说出伤人的话的。所以最好是不要问，继续过自己的生活，直到他再打电话给你。

　　《绝望的主妇》里的女星泰瑞·海切尔就非常聪明圆滑地处理了这种窘境，你也可以像她一样。狗仔队拍到她和《美国偶像》的主持人瑞安·西克莱斯特在马里布接吻的照片，后来西克莱斯特拒绝承认和她交往，这个消息迅速席卷了各大小报的头条，令她的处境比一般的美国女孩更加难堪。他们两人约会过三次，之后西克莱斯特没有第四次约她。她没有抓狂，表现得很正常很平静——至少在公共场合是这样。好样的，为这位美女鼓掌！当她上 Extra 节目时，主持人德娜·德芳问她怎么看待对方不打电话来这件事，她说，当一段关系刚开始时，双方并没有责任。"没有人需要解释什么，你和某人约会了三次，没人需要解释为什么他第四次不约你了。他第四次就是不想和你约会了"海切尔说。

　　她和他接吻了。你呢？关系要慢慢进展。在你们两人都认同彼此之前，你们并不专属于对方，除非你们都答应自己只和对方约会，否则的话，你们都可以再和其他人约会，也可以就这么断了，不用让对方感到伤心。所以，要守住自己的心，慢慢来，并且一定要能够控制好自己，万一第二天你们就分手了，你也没有做过让自己后悔的事。

放弃他

如果过了很久他还是没有打电话再约你出去，你必须放弃他，无论这多么令你苦恼，你也不要打电话给他并要求他解释。在公共场合碰到他也不要责备他。你只要依然做一个迷人的自己就行了，这在将来会有回报的，也许很快就有。

他也许是因为个人的事情很多，或者在一心忙事业。他可能刚和女友分手，开始追求别人，正在赶工期，或正处于一堆繁琐的家事中。他也可能是一个讨厌鬼，根本配不上你，幸好他早早就退出了，这对你是个好事，也许你们俩见面的时机不对。仅仅约会过一次，你不可能清楚地知道他的生活里到底发生了什么。你只有接受现实，保持冷静。

无论他是因为什么不给你打电话，你都要给他足够的空间和时间来让他想你。如果他和你在一起真的很开心，他会记得，也会打电话给你共度好时光。如果你已经暗示他"你必须提早约我"，那么他会知道不要在最后 1 分钟才打电话给你，因为你事情很多。这是一个好现象。

如果你的对象没有打电话来，你要深呼吸然后继续前进。

他可能随时会打来，几周以后，半年以后，或不会再打来。你要继续你的生活，寻找其他的约会，放弃这个。你可能被一个男人拒绝了，但正确处理这事，你才能最终找到意中人！不要泄气，积极一些，不要让痛苦和不安笼罩你。

当你们相遇

下次你见到他时，你一定要表现得礼貌而迷人，就像你第一次和他约会时那样。即使已经半年过去了，你还是要有风度，不要问他发生了什么。如果你们同在一个房间里，微笑并向他打招呼，但是不要特地追过去和他聊天。你要看着他的眼睛，挑逗他，然后吸引他过来找你。

如果你觉得这个人是你命中的挚爱，你还是有机会和他在一起。你们只约会过一次而已。下次你和他相遇时，要感到很愉快，不要过度激动，不要生气，而是要保持愉快。不要假装你没认出他来，这恰恰泄露了你的不安，你就上前和他打招呼问好就行了。

❋ PART 5
如果他再也没有打电话给我

有时候，无论你做了什么，你的对象就是不想再见你，你们之间就是没有感觉。在18个月里和我见面的无数男人中，有三个人没有再打电话给我，其中有一个人很帅但很讨厌，他显然不喜欢我，我也不喜欢他。但我们之间却有一种感觉，这让我们浪费很长时间直到约会结束，我们甚至还接吻了。你能相信吗？我吻他是因为他很帅——就像《实习医生格蕾》里的"梦幻先生"谢菲尔德医生，可是我们两人都不喜欢对方。很愚蠢吧？

另外一个没有打电话给我的男人是一个成功的、非常有天赋的、有趣的人，并且和我有共同的信仰。但是他不是我想要的类型，我也不是他喜欢的类型。但他还是很吸引我，我也很享受那天的约会。如果他当初追求我的话，我肯定会答应再和他约会的。虽然我们的背景和人生规划明显不同，但对于他没有打电话来，我的自尊心还是感到有点受伤。我想他可能比我更加成熟，他知道我们之间不会有结果。之后我们相遇过几次，因为我表现得很得体，我们变成了朋友。他甚至还帮了我几个忙（免费在慈善活动中表演，并给我朋友签名——非常好）。对于他，我没有任何怨言。他就是对我没有"那种感觉"，这种事常有。

如果你失败一两次也不必感到很难过。想想看，一个全垒打的冠军在他击中一个球之前被多少次三振出局呢。你正在练习成为迷人女人的技巧，你多约会几次就好了。

不要责怪他甩了你

我在上大学之前我几乎没有谈过恋爱，也许是因为那时我还不知道该怎么获得第二次约会。当我 18 岁时，我和一个

31 岁的格莱美获奖福音歌手进行了第一次约会（第五章里提到的）。他对我说了很多甜言蜜语，说我很漂亮，手指修长等，我感到很受用，他甚至吻了我，感觉很浪漫。哇，我完全神魂颠倒了。我回家以后开始梦想着我将要和这个歌手在一起的生活。那个约会棒极了，我当时觉得自己恋爱了。

但他没有再打来，我心神俱碎。

我知道他不演出的时候会去哪里的教堂，于是我在三个月之后去了那里。我现在想想很不好意思，那时我在大厅里找到他，责备他那天不该对我说那么多动听的话，不该亲吻我，然后再甩掉我。"如果你不是真心的，你就不该对我说这些话，我太容易相信你了。"我责怪他，是的，我承认，我的确这么做了。

不要犯同样的错误，你可以比我做得更好些。我那时很单纯，很不成熟，我也没有这本书，但是你有。尽管我和那时的小姑娘是同一个人，但我现在更懂得如何和人相处了，我希望你也能做到。你得接受一个事实，在约会的三个阶段（前，中，后）可能会出点问题。如果真的出了问题，你要知道那并不是因为你做得不够好，只是你们两人不适合在一起罢了，而且你要早点发现这点。不要因为失去了他的联系而把生活弄得一团糟。如果你的对象真的没有打电话来约你第二次，请放松，不要打电话给他，不要让自己痛苦不堪，同时，你要开始寻找下一个第一次约会。

如果你很痛苦，去找到他，然后把他骂一顿，你和他就再也没有挽回的余地了，同时这还会从整体上影响你对男人的看法，下一次你约会的时候这些负面情绪就会冒出来。记住心态是非常重要的！一个好的心态能很快让你得到回报，要么让这个男人回心转意，要么让另一个男人拜倒在你的裙下。你也希望当男人为你着迷时，你自己也很快乐。

如果你保持冷静并一直表现得很友善，你就给了这个男人改变心意的机会，不久他就会来追求你。

迎接你的下一个约会

女士们，我们容易对每件事都考虑太多。不要对自己太苛刻。我很喜欢劳拉·施莱兴格尔博士关于女人该如何处理两性关系的看法。"在约会游戏中，太多女人表现得像是在乞求而不是在选择。对她们来说，约会是一个希望自己被选择的过程，而不是一个选择对象的机会。"

施莱兴格尔博士说得没错。你应该认为自己是选择的人，而不是用一生的时间等待被别人选。你在第一次和第二次约会时关注你的男伴，这是为你自己好，你在试着确认他是否足够优秀。和他在一起时没有必要如履薄冰，也不需要骗他，让他相信你们很般配，你本来就很配得上他。前九章里我所教的技巧不仅能让他看到你出色迷人的品质，而且也让你能近距离观察他的内在是否和其外表所表现出的一样迷人。所以，如果你被男伴拒绝了，就权当他不是你要寻找的伴侣。

不要因为男人的拒绝而把自己贴上标签——因为拒绝并

不说明任何事。拒绝只是一个偶然，而不是一个标签。拒绝并不代表我们不值得男人追求，它只表示你和那个男人彼此不合适罢了，还有更好的男人在不远处等着你。如果你在约会时犯了错误，要从中吸取教训，记得下次和新的男伴约会时不要再犯。男人多得很，翻回去看看猎男那一章，然后重新开始和男人调情，你的第二次约会就在那儿等着你。

约会结束后，回家把它写在日记本上，打电话给你的女朋友们，并继续过你的日子。如果你按照我教的诀窍做，你转眼就会接到他的电话；即使你没有接到，你也不会一蹶不振。你已经把搜索范围缩小，并越来越接近你的白马王子了。

✿约会"胜"经

1. 第一次约会之后，放轻松，打电话给你的朋友们，但是不要打电话给男伴。

2. 回顾你约会的全过程，给自己打分，看看你做得怎么样。

3. 虽然男人想知道你很喜欢他，但是他并不想让你追求他，那是他的工作，你只要放松就行了。

4. 如果他还没打电话给你，你却遇见他了，表现得随意而愉快，不要有任何不好的感觉。

5. 如果他几天以后甚至一周以后才打电话来，你也不要惊慌，男人在约会时有自己的想法。

6. 当他打电话给你，你要慢慢来。很高兴听到他的

第十章
✿ 他怎么还没给我打电话

声音，但是记住要控制节奏。你只是和他第二次约会，不是去和他结婚。

7. 记住——不要最后1分钟的约会，即使是第二次约会。

8. 如果他给你送花或其他感谢的小礼物，要有涵养，打电话或发信息给他表示谢意。

9. 第一次约会之后，如果他很久都没有打来，你也要保持镇定，因为他可能是忙于处理生活中的繁杂琐事而耽搁了给你打电话。继续和其他人约会，等他再次联系你时，跟着自己的感觉走。

10. 如果你觉得他把你甩了也不要责骂他。这很正常，让他走。

11. 如果他没有打电话给你，不要压抑痛苦，要把那次约会当成是一个练习课。不要沉溺于痛苦，继续前进，你是一个有魅力的女人，所以，你要打开导航仪，说："下一位！"

第一次约会之后的日记

1. 该从上一次约会中寻找答案了。拿出你的日记本，写出关于你约会的一切。约会进展如何，你新学来的技巧使用得好不好？他有哪些特点不符合你的要求？你觉得自己哪里做得糟糕，哪里有进步，哪里做得非常好？给自己评分。

2. 从他约会时说的话来推断，你觉得他什么时候会再打电话来？他多久没打来你会感到失望？如果他说"我会打给你"，他在说这句话时的肢体语言是怎样的？

3. 如果你对第一次约会记忆犹新，想想有没有任何线索，想想是什么导致他无法一头栽进恋爱中：他现在工作是否很忙？他是否是一位单身父亲？他是否刚结束了一段恋情？他家里是不是有事？有没有其他线索？如果一个礼拜之后他还没有打电话来，你要重新看看所列的这些原因。

4. 回想一下，并写出之前几次约会中再次给你打电话的男伴。他们各自是过了多久才打来的？他们有没有送你感谢的小礼物？你是否在他之前打电话给他了？你是否在他之前感谢他了？结果如何？

5. 想想当下一个对象打电话给你时你该说些什么，你该怎么和他打招呼？如果是一周甚至一个月以后他才打来呢？怎么才能让自己在接到他的电话时不要急躁，或不要过度激动？

6. 写出三个人的名字，当你下次忍不住要打电话给你男伴的时候，你可以打给他们。把他们的名字和电话号码写在便利贴上并贴在你最常用的电话旁边（即使你能背出他们的号码也要贴在那，好在你危难时刻提醒你）。

7. 如果这个男伴和上一个男伴都没有给你打电话，把你对此的真实感受写下来。现在写出他哪些特征你不喜欢，他一定有些特点是不符合你理想男伴的要求的，他不打来说不定是件好事呢。感受由此带来的痛苦，下次约会时努力改进自己需要改进的地方，不要沉溺于痛苦，还要心存感激——你不仅吸取了一些教训，而且，幸亏这个男人不是你的梦中情人！（就算他就是你的梦中情人，你们也还是有机会的。）

让他继续追求你
THE AUTOMATIC 2nd DATE

　　仅仅是得到了那个你所向往的第二次约会，并不表示你和那个帅哥已经是一对了。先别急着说"我爱你"，别忙着订《新娘》杂志，也别慌着把他的照片挂在墙上，更别想着要把他改造成你希望的类型。镇定点，去了解他，同时不要拒绝和其他男人的第一次约会。

　　你的男伴只是在试试深浅，即使他现在为你着迷，你也不要完全相信他的甜言蜜语，要慢慢展开新的恋情，否则不出一个月，这段感情就会破裂。

　　第二次约会之后你该怎么做呢？到多久以后你才可以放下防备，向他倾诉你的感觉、你的希望、你的信仰和你的过去？你应把发展恋情看作是跑一场马拉松——你要控制自己的节奏。如果你刚开始就猛跑，那么你们两人谁都无法到达最终的终点，你要缓慢而坚定。

　　继续练习你的约会技巧，继续追求你的人生目标，继续变得越来越迷人，继续把生活放在恋情之外。随着约会次数的增加，你向他一点一点地呈现自己，慢慢地给他你的芳心——每次给他一点点。

随着时间的推移，当你们分享了欢笑与痛苦，共同经历了起起落落，等你们能建立起彼此的信任和友情，你可以更多地放下防备。等到第三次和第四次约会时，你可以告诉他同样多的关于你生活中的事情，你也可以给他做一次饭，帮他付账，或为他做些贴心的事，只要你别做得太过分就行了。一个很好的游戏规则是每约会到三次或四次时你付一次账，这样他不会觉得他欠你的，他依然是追求者而你是被追求者。

不要给他打电话，除非你们已经约会十几次了，否则不要主动给他打电话。你们约会过一段时间之后，你可以偶尔给他打个电话，但还是让他来掌握你们的节奏。在男人把心交给你之前，他还不是完全属于你，在此之前，要让他主动追求你。

等到你们相互答应把对方看作唯一，你们的关系才真正属于彼此。如果你投入太多感情，而害怕他不够投入，那你要尽量让自己忙起来，交友、参加社会活动，甚至去和其他男人进行第一次约会，这样他就不会觉得你很急迫，他也就不会被你吓跑。在你们关系稳定之前，不要接受他最后1分钟的约会。你依然要保持神秘，让他感觉难以追到，这样的话，你对他而言还是挑战。

如果你没忍住，给他打电话或发了 E-mail，那么在他回复你之前，别再继续给他打电话。你应一直关注你的男伴，看看他表现出哪些特点，通过自己的观察来找到真相。任何人的伪装只能持续6周——6个星期之后，真正的他就会显露出来，所以如果他突然变成了另外一个人，不要觉得是你导致的，你的男伴也许是感到足够放松，便暴露出真正的自己。注意观察，享受整个过程，并继续练习你的约会技巧。

另外，你越晚献出自己的心，你就能越保持客观，看到这个男人是否真的表里如一。需要过一些时间你才能了解这个男人是值得你留住，还是应该被抛弃！

我建议在约会的前几个月里你和男伴一周里见面的次数不要超过两到三次。你要不断地和新人约会，直到你找到值得留住的男人，直到他为你掏心。你约会得越多，你就越能调整自己对理想男人的期望。

继续成长，继续约会，从让男人第二次约你变成让大把的好男人来追你。

把你的故事发送给我（www.automaticdate.com），我很想听听你是如何获得第二次约会的。